愛をくれないイタリア富豪

ルーシー・モンロー
中村美穂 訳

ハーレクインSP文庫

PREGNANCY OF PASSION

by Lucy Monroe

Published by Harlequin Japan,
a Division of K.K. HarperCollins Japan, 2024

ルーシー・モンロー

アメリカ、オレゴン州出身。2005 年デビュー作『許されない口づけ』で、たちまち人気作家の仲間入りを果たす。愛はほかのどんな感情よりも強く、苦しみを克服して幸福を見いだす力をくれるという信念のもとに執筆している。13 歳のときからロマンス小説の大ファン。大学在学中に“生涯でいちばん素敵な男性”と知り合って結婚した。18 歳の夏に家族で訪れたヨーロッパが忘れられず、今も時間があれば旅行を楽しんでいる。

◆主要登場人物

エリーザ・ジュリアーノ……………宝石鑑定士。
フランチェスコ・ジュリアーノ……エリーザの父親。
ショーナ・タイラー…………………エリーザの母親。女優。
アンネマリー…………………………エリーザの異母妹。
テレーゼ………………………………アンネマリーの母親。フランチェスコの妻。
ディ・アダモ…………………………エリーザが勤める宝石店オーナー。
サルバトーレ・ラファエロ・ディ・ビターレ……会社社長。

1

サルバトーレ・ラファエロ・ディ・ビターレは家族経営の小さな宝石店の前に立ち、珍しく慎重になっている自分を感じた。

対面をためらうなど、普段のサルバトーレならあり得ない。彼は大きなビジネスの世界できわどい勝負をものにし、ときには職業柄必要な体を張った戦いにも勝ち抜いてきた。

だが今度ばかりはまったく事情が違う。

対面には違いないが、ビジネスとは関係がない。

エリーザは彼女の人生に干渉しようとするぼくを、まず歓迎しないだろう。いくらそれが娘の身を案じる父親からの要請であっても。エリーザはこの一年、ぼくを避けつづけてきた。まるでぼくが恐ろしい伝染病でも持っているかのように。彼女はかつて自分の身をぼくに与えたのと同じ情熱で、ぼくを憎んでいる。

そしてサルバトーレに、そんなエリーザを責める権利はなかった。

エリーザには彼を嫌悪するだけの理由がある。でもだからといって、サルバトーレは彼女の人生からすごすごと退散する気はなかった。できないのだ。彼のシチリア人魂は、そのような負い目を抱えたまま生きることを許さない。たとえエリーザが容易に信じなくても、ディ・ビターレ家は誉れ高い一族であり、その名をけがすことは彼にはできなかった。

サルバトーレはアダモ宝石店のドアを押し開けた。彼の入店と同時に鳴るはずのブザーがまったく聞こえない。サルバトーレは眉をひそめた。来客の存在を知らせ、従業員に用心を促す最低限のセキュリティ装置なのに。

サルバトーレは店内に踏み出した足をふと止めた。

エリーザがショウケースのひとつを若いカップルと一緒にのぞきこんでいる。話の内容までは聞き取れないが、彼女のやわらかい声はサルバトーレの耳にまで届いた。つやのある茶色の髪は品よく結い上げられている。その髪が白いシルクのシーツに広がるさまを、彼はいまでもはっきりと思い出すことができた。控えめな服は優美な首の線を見せている。そこにかすかな脈動が息づいているのを彼は知っている。彼女が性的に興奮したとき目に見えるほど激しく脈打つことも。

服のセンスは相変わらずいい。上まできちんとボタンをかけたノースリーブのブラウスは、彼女の瞳と同じ緑色だ。ブラウスより色の濃いタイトスカートは、ほっそりした腰と華奢《きゃしゃ》なウエストを際立たせている。足首から五、六センチほどしか肌は見えないが、ほんの少し動いただけで後ろのスリットから美しい脚がのぞく。その脚をぼくの体に巻きつかせたい。サルバトーレは再び激情に駆られた。歯を食いしばり、ベルトの下で起こりつつある体の反応をこらえる。

サルバトーレはエリーザが欲しかった。いまでも。彼女とひとつになりたいという欲望はこの先も消えることがないだろう。まる一年彼女に会わなくても消えなかったのだ。その間はほかの女性に触れる気にもならなかった。この欲望を満たせるのならたいていのことは我慢できる。たとえ結婚でも。

そう、結婚こそ罪を償う唯一の方法なのだ。

エリーザはカップルに何か言い、ショウケースの後ろへまわって、ダイヤモンドの指輪が載ったトレイを取り出した。

そしてサルバトーレを見た。

エリーザの顔からすべての色が消え、目には冷え冷えとした光が宿った。かつて彼を見て愛情と歓迎に輝いたときとは、まったく逆の反応だ。いまは歓迎のかけらもない。

いや、彼女の表情にもっともはっきりと表れているのは恐怖だ。

エリーザの手からトレイがすべり落ち、ガラスのショウケースの上に鈍い音をたてて落ちた。

「大丈夫ですか?」

エリーザは店の戸口に立つ亡霊から視線を引きはがし、声をかけた男性客を見た。なんとか笑みを取りつくろう。「ええ、大丈夫です」

彼女は指輪のトレイを整理した。

「マーキーズカットのダイヤを使った指輪をご覧になりたいんでしたわね?」

若い女性客は目を輝かせてうなずき、愛情をこめて婚約者を見た。その様子にエリーザの胸は痛んだ。わたしもかつてそんな感情をいだいたことがあった。

だがサルバトーレはエリーザの愛を殺した。不運が二人の間に生まれた命を殺したように。

吟味の末、エリーザはくぼみから指輪を引き抜き、カップルに心からほほ笑もうとした。愛し、愛されるのはすばらしいことだ。自分の人生にその望みがないからといって、見るからに幸福そうな二人に水を差してはいけない。

「お試しになってみてはいかがですか?」

デイビッドという名の若者はいかにも優しげな表情で婚約者の指に指輪をはめた。

「ぴったりだわ」女性が思わず声をもらす。

エリーザも今度は自然にほほ笑むことができた。またひとつ売れそうだ。アダモ宝石店には売り上げが必要なのだ。喉から手が出るほど。

「よくお似合いですよ」横合いから声がかかった。

間違いなくサルバトーレがそこにいることを、エリーザは今度こそはっきりと確認した。

彼女の想像力が産んだ幻、白日夢ではなかったのだ。白日夢というよりは悪夢だけれど。

若い女性は振り返り、情け深い恩人を見るようにサルバトーレにほほ笑んだ。彼がそんな人間でないことはエリーザがいちばんよく知っている。

「ありがとうございます、シニョーレ」

「その指輪から察するに、祝福の言葉を申し上げてもよさそうですね？」

今度はデイビッドがほほ笑む番だった。「ええ。帰国したらすぐに結婚する予定です」

「ロマンチックだと思いません？」喜びを隠しきれない様子で女性がしゃべり出し、もうじき夫になる男性を優しい目で見上げた。「わたしたち、ヨーロッパ旅行の最中に出会ったんです。二人ともイタリアがすごく気に入って、二週間滞在を延長することを決めて」

「そのまま結婚まで決めちゃったんです」デイビッドのテキサス訛《なまり》が〝結婚〟という言葉を強調する。彼はいかにも満足げだった。

「おめでとうございます。お二人はとても幸せになると思いますよ」サルバトーレは祝福した。彼にとって結婚は忌み嫌うべきものであるはずなのに。

カップルがサルバトーレに礼を言い、婚約指輪と対の結婚指輪を購入して店を出ていくまで、エリーザは彼を無視した。

客が帰ると、エリーザは売れた商品の穴をごまかそうと一心にショウケースの宝石を並べ替えた。新しく陳列する宝石は何もない。オークションが終わるまではないだろう。新しい宝石どころか、それを取りつけるリングさえ買えないのだ。

「いくら無視しても、ぼくはどこにも消えないぞ」

エリーザは顔を上げ、サルバトーレを見た。いまでもその存在が自分の体に与える影響を憎みながら。

エリーザの胸の先端は硬くなり、一年間眠っていた体の奥深くが反応している。自分にぴったりの相手に対する体の反応だ。心が彼を嫌悪しても、体が思いを表現する。互いのためにつくられた二人だというように。

冗談じゃないわ。

「なぜあなたがここにいるの?」理由など考えたくもない。

エリーザは大人になってからの大半をイタリアで暮らした。父親はシチリア人だ。最近わかってきたことのひとつに、イタリア人は人一倍罪に苦しむが、シチリア人はそれ以上に苦しむ、という事実がある。

サルバトーレは大いに罪を感じるべきなのだ。

彼は許しを求めているのだろうか?

サルバトーレは百九十三センチの長身をショウケースのひとつにもたせかけた。「きみのお父さんの依頼で来た」

「父の?」エリーザの心臓がきゅっと縮んだ。「何かあったの?」

ダークブラウンの瞳が彼女を探る。エリーザは目をつぶりたくなった。自分の心の奥にある思いをこの男性にのぞかせないために。サルバトーレは多くのことを見ている一方で、実は多くのことを見過ごしている。彼に対するエリーザの欲望は見たが、愛情は見過ごしていた。彼とつきあうことに臆病《おくびょう》だった彼女は見たが、その原因が男性経験のなさにあることは見過ごしていた。

最終的にサルバトーレは彼女の妊娠を見たが、自分が父になることは見過ごしていた。サルバトーレはため息をついた。まるで彼女の目の中に見たものに困惑するかのように。

「一年以上も故郷に帰っていないそうだな？」

「シチリアはわたしの故郷じゃないわ」

「お父さんが住んでいる場所だ」

「父の奥さんもね」

「妹だっている」

そう、アンネマリーはいまだに両親と同居している。二十五歳のエリーザと三つしか違わないのに、アンネマリーには引っ越して自活する気がまるでない。

エリーザは独立心旺盛《おうせい》に育った。妹はシチリアの伝統により、過保護に育てられた。

「アンネマリーはきっと結婚するまで家を出ないわ」

「悪いことじゃない」

エリーザは肩をすくめた。「人それぞれですものね」彼女は自分の生活に満足していた。ローマ郊外の小さな町での暮らし。仕事柄、旅行もできる。少なくともそれだけの経費があるときは。彼女に指図する人間は誰もいない。

「ぼくが店に入ったとき、ブザーが鳴らなかった」

セキュリティのプロの目はごまかせない。「壊れているの」

「直すべきだ」

「直すわよ」オークションが終わったら。

「なぜお父さんがぼくをここに来させたか、きかないんだな」

「あなたがその気になれば言うと思ったのよ。さっきの口ぶりからして、父の身に何か起こったわけじゃなさそうだもの」

「何も起こってはいない。きみのことを心配している以外は」

父はムカール王家の宝玉の件を彼に話したのかしら？　父なら言いかねない。フランチェスコ・ジュリアーノは昔かたぎの男性だ。その父が一度だけ、若さゆえの情熱で無謀な行為に走ったことがある。映画スター、ショーナ・タイラーとの情事だ。エリーザはその結果できた子だった。妊娠が判明したとき、父は結婚を望んだ。母は拒絶した。それは本心だった。ショーナは自分を拘束する夫も、自分の時間を奪う娘も欲しくはなかったのだ。

「なぜ父が私を心配するの？」エリーザは七年間、自分の力で生きてきた。

「シニョール・ディ・アダモの店には充分なセキュリティ設備がない。お父さんはそう思っているんだ。ムカール王国の戴冠《たいかん》用宝玉のように高価で、話題性の高い宝石を保管するほどにはね」

「ばかみたい。ここは宝石店よ。宝石を保管する設備は充分にあるわ」

サルバトーレはいらだたしげに手を振った。「戴冠用宝玉はこの店にある全宝石の十倍の価値がある。不幸にも君主制が崩壊し、宝石を売りに出すことになった旧ムカール王国では、いまや複数の党派間で争いがある」

「ムカールには資金が必要なのよ。前皇太子はそれを理解して、国が生き残るために必要な犠牲はいとわない覚悟だわ」

「いずれにしても、きみは危険だ」

彼はとても真剣に見える。まるで本気で心配しているかのように。

エリーザはもう少しでせせら笑うところだった。そうよ。サルバトーレは過去のわたしへの仕打ちに罪悪感をおぼえているだけ。心配しているわけではないわ。わたしはそんなうぬぼれの空想をいだくほど愚か者じゃない。

「わたしは絶対に大丈夫よ」

「セキュリティブザーが鳴らなくてもか?」サルバトーレは小さな店内を軽蔑《けいべつ》の目で見まわした。「ほかのセキュリティ装置は旧式で、しかも老巧化している。アダモ宝石店で強盗を働くのは、二流の泥棒でも難しくない」

「取り越し苦労だわ。シニョール・ディ・アダモがこの店を引き継いでから、一度も強盗に入られていないのよ。彼はいま六十代だけど」

「そう、彼は高齢だ。いざというときききみを守れない。それに時代は変わった。時代の変化に無知なまま暮らすことはできない。いくらここでも」サルバトーレは弧を描くように手を動かした。

「わたしは無知じゃないわ！」

サルバトーレは首を横に振った。「ああ、違う。だがムカール王国の戴冠用宝玉をあずかって危険はないと信じているのなら、ひどく世間知らずだ」

「心配性じゃないだけよ。それに宝玉は金庫室に保管しているもの」

サルバトーレはまた首を横に振った。その表情は厳しい。「それだけでは不充分だ」

「不充分であろうとなかろうと、あなたに関係ないでしょう」

「ぼくはきみのお父さんに仕事として依頼されたんだ」

「父にそんな権利はないわ。わたしは自立しているんだから」

もっと言おうとしたが、ちょうどそのときシニョール・ディ・アダモが店に入ってきた。孫息子のニコを連れている。

「これはシニョール・ディ・ビターレ。またお会いできるとは光栄ですな。しかも今回はわたしの右腕が町にいるときに」

「シニョール・ディ・アダモ」サルバトーレは振り返り、あいさつの手を差し出した。続いてニコとも握手する。「ずいぶん背が伸びたね、ニコ。お祖父《じい》さまと一緒にこの店で働く日も近いんじゃないか?」

ニコはうれしそうにほほ笑んだ。いつの間にこの人たちはこんなに親しくなったのかしら? エリーザは不思議に思わずにはいられなかった。彼女がサルバトーレを避けていた一年の間に、元恋人と雇主がこれほど親しくなるなんて。

「それまで店を維持できれば」つかの間声が沈んだが、老人はすぐに笑顔を取り戻した。「このお嬢さんがわたしに新しい希望を与えてくれたのです。彼女から戴冠用宝玉の話は聞きましたか?」

「彼女のお父さんから」

「まさに奇跡です。わたしどもにオークションを取り仕切らせてくれるよう、彼女が前皇太子を説得したんですからな。これだけ賢く美しい女性に頼まれれば、たいていの男性はうなずいてしまうでしょうが」老人はサルバトーレにウィンクをした。「そうではありませんか?」

エリーザは雇主に言いたかった。わたしは美しくも魅力的でもありません。だってサルバトーレの関心をつなぎとめておくことさえできなかったんですもの。だが彼女は黙っていた。なぜならもうどうでもいいことだからだ。彼の愛など欲しくはない。いまさら心配されるのもごめんだ。ただ早く出ていってほしい。

その望みはかなわなかった。サルバトーレは帰らず、店のセキュリティの欠点を老人と議論した。サルバトーレはこの店にはセキュリティの強化が必要だと言い張り、頻繁にエリーザのすぐそばまでやってきた。そのたびに彼女の体は理性を裏切った。

彼を避けるためにエリーザはいろいろ試してみたが、まったく効果はなかった。彼女が店の片隅へ行って宝石のクリーニングを始めると、サルバトーレもそこへやってきた。別の片隅で宝石の並べ替えを始めたときも、同じことが起こった。彼はいつもエリーザと同じ方向に用があるらしかったが、彼女はあとをつけられている気がした。

三十分もしないうちに、エリーザの神経はすり切れた。

かつて愛した男性。彼女を愛さなかった男性。そしていまでは嫌悪の気持ちしか持てない男性のそばにいるのはもう耐えられない。エリーザはオフィスの自分の机に逃げこんだ。オークションの準備をしなくては。

「きみは一年間逃げつづけてきた。もう終わりにしよう」

ばかね。サルバトーレの声に張りつめた神経を襲われたとき、エリーザは自分をしかった。出入口がひとつきりの狭いオフィスを逃げ場にしようなんて、愚かにもほどがある。

エリーザは顔を上げ、心の中で祈った。なんの感情もなく彼を見られますように、と。流産し、夢が壊れてからの長い数カ月間、ずっと心が無感覚だったように。

サルバトーレは出入口に立ちはだかっていた。頭はドア枠のてっぺんにつきそうで、肩はドアの横幅ほどもある。

エリーザは心の乱れをいっさい顔に出すまいとした。「逃げてなんかいないわ。仕事があるのよ」

「ぼくが訪ねるとき、きみはいつも避けていた。それは逃げていたんじゃないのか?」

「いつもじゃないわ」

「いや、いつもだ。最初にぼくがきみのアパートメントを訪れたとき、きみはドアを開けてくれなかった」

〝帰らないのなら警察に電話するわよ〟とエリーザは脅した。本気だった。それでもサルバトーレは帰らないだろうと思った。彼ほどの財力と社会的地位があれば、警官を言い含めることもできるだろう、と。でも彼はそこまでしなかった。そのときはほっとしたが、エリーザはいまだになぜ彼があっさりと引き下がったのかわからない。

「そのあとも訪ねてきたじゃないの」エリーザはにらんだ。

「きみはいなかった」

「買いつけ旅行に出ていたのよ」

サルバトーレは愚かにも、いまローマにいてきみに会いに行くところだ、と彼女に電話した。だからエリーザは予定より三日早く買いつけ旅行に出発したのだった。

「きみは逃げていた。その次にぼくが会いに行こうとしたときも逃げた」

「母を訪ねなくちゃならなかったのよ」

「ぼくがローマに向かっていることを、きみはお父さんから聞いたはずだ。また自分に会いに来ようとしていると知り、ぼくが到着する一時間前にきみはアメリカ行きの飛行機に乗りこんだんだ」

「父は誤解したのね。わたしがあなたに会いたがっている、と」エリーザはうつろな笑い声をあげた。会いたいはずはないのに。でも父は、結果的に娘のためになることをした。サルバトーレの旅の予定を彼女に知らせたわけだから。

「きみは逃げていたんだ、エリーザ。ぼくもきみを逃がしていた。だがもう逃がさない」

「あなたに会いたくないのよ。逃げているんじゃないわ」彼は気づかないのだろうか。本当ならわたしのほうが彼を罰するべきなのに、なぜかこちらが苦痛を与えられる。そんな男性に会いたいはずがないのに。「これは単純な現実だわ」

エリーザの目にサルバトーレはひるんだように見えた。いえ、照明による錯覚かもしれない。配線が古いと、ときどき照明の光が明滅するから。

「お父さんがきみを守るようぼくに頼んだのもまた現実だ。ぼくはお父さんの頼みを実行する」

「守ってなどほしくないわ」

「そんなことが言えるのか？」

　今度は照明による錯覚ではない。サルバトーレは怒っている。

「この店のセキュリティはとうてい容認できない。これまで強盗に遭わなかったのは、ただ神のご加護《イル・ブオン・ディオ》のおかげだ。この店は素人の泥棒が夢見る天国だ」〝素人の〟という言葉を強調したところに、この店のセキュリティへの侮蔑がうかがえる。

「セキュリティに使うお金はないのよ」

「言い訳にならないな。シニョール・ディ・アダモとお父さんによると、きみはひとりで店番することが多いらしいが、本当か？」

　なぜこの人は、二人に確認をとったことをわたしに問いただすの？

「あなたに関係ないわ」

「ぼくときみは関係がある」

　サルバトーレの言葉は、エリーザの中に強烈な感情を引き起こした。彼がいなくても大丈夫なふりをしていた間ずっとうずいていた痛みが、胸の中で爆発したのだ。二人は別れの話し合いをしたわけでも、恋人関係に決定的な終止符を打ったわけでもない。ただ彼女が医師の命令に逆らって病院を出て、それ以来サルバトーレに会うことを一方的に拒絶しただけだ。

エリーザは思わず立ち上がり、二人の間隔が十数センチになるまで猛然と歩み寄った。彼女はがっしりしたサルバトーレの胸板を指で突きながら、一語ずつ区切って言葉を強調した。「わたしとあなたはなんの関係もないわ」かろうじて冷静な声を保つ。「あなたと寝ていたときだって関係はなかったわ。いまは寝てもいないんだから、正真正銘なんの関係もないってことよ」

「きみは流産した子供の父親がぼくだと言った」

その言葉は無数のボディブローのようにエリーザをふらつかせ、後ろによろめかせた。いままで感じたことのない強烈な痛みだ。

サルバトーレがすばやくエリーザの手首をつかみ、彼女を引き寄せる。エリーザの体は彼に密着した。かつては喜びを与えられた感触だが、いまは嫌悪と恐怖しか感じない。

「自分についてそんなふうに下品に言うもんじゃない。きみが以前なんであろうと、ぼくたちが一緒にいたとき、きみはぼくに自分を与えた。それはきみが思うように忌むべきことではない」

きみが以前なんであろうと？　バージン。そう、わたしはバージンだった。でもそれを証明する唯一の体の証拠が過去の激しい運動で失われていたから、サルバトーレはわたしを誤解した。母親と同類の女だと思ったのだ。こっちの恋人からあっちの恋人へと飛びまわる女。自分の前に長い列をつくる男性をみな、火遊びの対象としか見ない女。

「ええ、わたしはあなたに自分を与えた。おかげでいい経験になったわ」エリーザは吐き捨てた。

サルバトーレの顎がこわばり、目には怒りの光が宿った。

エリーザは喜びをおぼえた。怒ればいいわ。怒って帰ってちょうだい。そして金輪際わたしの前に現れないで。

「それは急ぐ話じゃない。ぼくはきみの安全のためにここにいる。二人の関係はあとまわしだ」

「あとまわしどころか……」彼から身を引きはがし、エリーザは机に戻った。「あなたとは関係なんてないわ。何もね。聞こえたでしょう? 帰ってちょうだい、サルバトーレ。わたしの人生にあなたの居場所はないのよ」

サルバトーレは無言だった。彼はただエリーザを見つめている。その視線が彼女の首筋へ、さらに下へと移っていく。

「やめて、出ていって」エリーザは抗議した。言いながらも、彼のにおいやいましがた抱きしめられた衝撃に、体が反応していた。

「もし本当にぼくと関係がないと信じているのなら、きみは自分を偽っているんだ」

硬くなった胸の先端を隠すように腕を組み、エリーザは彼をにらみつけた。「あなたよりねずみとベッドをともにするほうがましだわ、シニョール・サルバトーレ・ラファエロ・ディ・ビターレ」

彼の頭がぴくりと動いた。いまの言葉がきいたのならいいけれど。

だが彼の発した言葉を聞いて、エリーザはがっかりした。いたって穏やかだったからだ。

「この店はセキュリティの改善が必要だ。そうすればきみも、きみの雇主も安全だろう。とはいえ改善しても、ひとりで店番はすべきじゃない」

エリーザは椅子に身を沈めた。両肩にのしかかる責任はあまりに重く、これ以上持ちこたえられないほどだ。彼の言うセキュリティは夢物語の域を超えている。つねに二人で店番するためにもうひとり雇うなど無理なのだ。「あなたの言うとおりだと思うわ。でもできないの」

「やる必要がある」

「お金がないのよ」

サルバトーレはその言葉にも動じなかった。「それでも必要なんだ」

わたしの言葉が聞こえなかったのかしら？　それとも彼のように世界有数のセキュリティ会社を経営する家に生まれた人には、お金がないという概念さえ理解できないの？

サルバトーレはエリーザの父親よりはるかに裕福だ。だから理解できないのだろうと彼女は思った。

「できないのよ」エリーザはため息をつき、親指と人差し指で目のあたりをもんだ。敵に弱さを見せてもかまわない。彼女は疲れていた。「シニョール・ディ・アダモはお孫さんのために店を持ちこたえさせようとしているわ。でも年々難しくなっているの」

「戴冠用宝玉のオークションで利益が出るだろう」

「ええ。喉から手が出るほど欲しい大金がね。でもそれで充分かどうか。いま必要な修繕箇所はセキュリティ設備だけじゃないのよ」

エリーザは水もれする配水管や危険な配線のことを考えた。この店ができた当初からのものだから、かなり古い。シニョール・ディ・アダモのオフィスに必要な修繕箇所まで考え、彼女はぞっとした。

「ぼくにまかせておけばいい」

「彼はきっと断るわ」エリーザがシニョール・ディ・アダモに惹《ひ》かれる理由のひとつは、彼女と同じく独立心がひどく強いからだ。彼のプライドは施しを受け入れないだろう。

エリーザに忠告され、サルバトーレはただ肩をすくめた。笑ったわけではないだろうが、唇の端がわずかに上がる。それは忘れていたよき日の記憶を彼女に思い出させた。

「男のプライドを動かす方法なら知っている」

「同感だわ。あなたは人をあやつるのがお得意ですものね」

サルバトーレは首を横に振った。「ぼくを別の口論に引きこむな、いとしい人《カーラ》」

「あなたと口論はしたくないわ」本当だ。かつての怒りはほとんど燃え尽きてしまった。

いまはただ彼に帰ってほしい。「あなたには会いたくもないの」

「すべての望みをかなえるのは無理というものだよ、甘美な人《ドルチエツツア》」

〝ドルチェッツァ〟サルバトーレはよくそうエリーザに呼びかけたものだ。彼女の唇の味もしぐさもとても甘美だから、と言って。その言葉は、まだ癒《い》えていない、けれどもう血も出ない傷をえぐった。「そんなふうに呼ばないで」

「戴冠用宝玉はいまどこだ?」まるで彼女の言葉が聞こえなかったかのようにサルバトーレは尋ねた。

「さっき言ったわ。金庫室よ」

サルバトーレの体が緊張した。彼は油断のない態度できいた。「もうここにあるんだな?」

「ええ」

「きみのお父さんの話では、ムカールから運ばれてくるまでにまだ一週間ほどかかるということだったが」

「前皇太子の意向なの。オークション直前まで宝玉は運ばないと彼は対外的に言ったのよ。だから移送も極秘にということだったの。うまくいったわ」

「ここに宝玉があることをぼくが知らなかったからといって、誰も気づいていないとは限らない」

「金庫室なら安全だわ」エリーザは頑固に言い張った。

「おそらくな。だがきみは安全じゃない」

サルバトーレはしつこく繰り返した。彼が正しいのはエリーザにもわかる。でもできることは何もないのだ。正直、オークションの交渉をしたとき、自分の身の安全についてなど考えもしなかった。

身ごもっていた子とサルバトーレを失った悲しみはエリーザの心から去ったが、無気力感はぐずぐずと居座った。個人的な幸福をつかむのが無理なら、危険を覚悟で何かをするまでだ。自分をかわいがってくれる男性、シニョール・ディ・アダモの幸福のために。

エリーザが自分の考えに没頭しているすきに、サルバトーレは気づかれることなく彼女に近づいた。彼の手が頬に触れる。エリーザはその優しい感触を、自分の体を痛めつける熱い焼き印のように感じた。

「絶対にきみをひとりにはしない」

短い触れ合いにぼうっとするエリーザを残し、サルバトーレはきびすを返してオフィスを出ていった。

2

サルバトーレはオフィスを出てくるエリーザを待った。午後の残りの時間、エリーザはオークションの準備をし、サルバトーレとシニョール・ディ・アダモは最重要課題についてて話し合った。すなわち店の新しいセキュリティ対策と、戴冠《たいかん》用宝玉が売れるまで店主とエリーザの安全を守る手段について。またシニョール・ディ・アダモは巧みに客をさばき、孫息子に商売のこつを見せた。その間サルバトーレは携帯電話を使い、セキュリティ装置を注文した。

心地よい午後だったが、サルバトーレにとってその心地よさが数分後も続くとは限らなかった。自宅まで送るとエリーザに告げなければならないからだ。安全上やむを得ない措置とはいえ、彼女が承諾するかどうかは疑問だった。

懸念は当たった。

五分後、エリーザはけがらわしい提案をされたかのように彼をにらんだ。「いやよ」後ろに結った髪がほつれるほど激しく首を横に振る。緑色の瞳にも髪は落ちかかり、彼女はいらだたしげに髪をかき上げた。「家までついてこられるなんてごめんだわ」

「もし誰かが宝玉のありかを知っていたら、きみもシニョール・ディ・アダモも安全ではない。彼は娘夫婦と一緒にいる。きみはひとりだ」

「あなたにいてもらいたくはないわ。必要ないの。いくら父からの見当違いの贈り物でもね。わたしにまつわりつかないで。話はそれだけよ」

エリーザは彼のわきをすり抜け、戸締まりするシニョール・ディ・アダモを残してドアから出ていった。サルバトーレは悪態をつき、あとを追った。

「せめて家まで車で送らせてくれ」サルバトーレは彼女のアパートメントに着いたら、うまく建物の中まで入るつもりでいた。

「バスで帰るわ」

言うが早いかエリーザは走り出し、バスに飛び乗った。いともたやすく彼女に逃げられ、サルバトーレはショックで呆然《ぼうぜん》とした。

彼は怒りのあまり、午後の間に呼び寄せた部下にどなり声で指示を出した。部下はシニョール・ディ・アダモと孫息子の帰宅を見届ける手はずだ。

サルバトーレは黒い四輪駆動車の運転席に身をすべらせ、エリーザのアパートメントに向かうバスを追った。

到着したとき、彼の機嫌は最悪だった。

バスを降りたエリーザは、思わず悪態をもらした。

サルバトーレがアパートメントの前で彼女を待っている。いまにも暴力をふるいそうな形相だ。しかしエリーザの知る彼は、少なくとも彼女の体を傷つける男性ではない。それでもエリーザは恐ろしくて、背中の震えを止められなかった。

エリーザは用心深く正面玄関に近づいた。サルバトーレの長身が赤いドアの前をふさいでいる。なんとかあのドアの中に入れば、うまく彼から逃れられるだろう。

エリーザは三十センチほど手前で足を止めた。サルバトーレがどかないからだ。

彼は無言だったが、その体は多くのことを語っている。すべてがエリーザを責めていた。

「二度とぼくから逃げるな」

「帰って。わたしに命令しないで」

「誰かがしなくてはならない。きみは自分の安全にまったく無関心だ」

エリーザは目を見開いた。「公共のバスの中で何が起こるというの?」

「もし知らないとすれば、きみは同世代のほかの女性より世間知らずだ」

サルバトーレは、エリーザの身に起こり得た出来事について克明に説明した。変質者にまつわりつかれる可能性から、戴冠用宝玉目当てに誘拐される可能性まで。

サルバトーレが言い終えたとき、エリーザは嫌悪と腹立ちを感じた。彼女が黙っていると、サルバトーレはさらにつけ加えた。

「アパートメントにいれば安全だと思っているのなら、きみは愚か者だ」

「ほかの人間が宝玉のありかに気づいていると思っているようだけれど、その証拠は何もないのよ」

「最悪の事態を想定し、それに基づいて行動したまえ」

「たとえ誰かが宝玉を盗もうとしても、金庫室は時間が来るまで開かない仕組みになっているのよ」エリーザは満足げに言った。「シニョール・ディ・アダモでさえ、朝の九時前には開けられないの。いくら開けたくてもね」

「だからといって、宝玉を手に入れるためにきみを人質にする線が消えるわけじゃない」

エリーザはため息をついた。もっとも極端な筋書きを考えれば、彼は正しいのだろう。でもそれほど危険が大きいとは信じたくない。「お願い、どいて」バッグに手を入れ、入口の鍵《かぎ》を捜す。「中に入りたいの」

「ぼくの話を何も聞いていなかったのか？」

「聞いたわ。信じないだけよ」

さあ、あったわ。エリーザはいくつかの鍵のついたキーホルダーを取り出し、彼の背後の玄関ドアを見た。

「何をするの！」いきなりキーホルダーを奪われ、エリーザは叫んだ。

手を伸ばしたものの、サルバトーレはすでにドアの鍵を開けていた。彼は後ろに下がり、エリーザを中に入れた。鍵はまだしっかりと彼が握っている。

エリーザは中に入るや、手を差し出した。「返して」

サルバトーレは知らんふりをし、彼女を後ろから追いたてた。エリーザはしかたなくあとずさった。彼に触れないためにはそうするしかない。

「ねえ、ここは安全な建物なのよ」

「鍵つきだからといって安全とは限らない。特に鍵がここのように古くて、簡単にこじ開けられる場合はね」

確かに建物全体が古く、エリーザはそこが気に入っていた。部屋には趣があり、賃貸料は安い。エリーザは親の援助を断っていたし、雇主は彼女の働きに見合う給料を払えないのだ。

「ガードマンの知識をひけらかすのはやめて、鍵を返して。わたしはおなかがすいて疲れているのよ。早く部屋へ帰って、夕食をとって寝たいの」

「ぼくはセキュリティのスペシャリストだ。ガードマンじゃない」

父親が第一線を退いたとき、サルバトーレが会社のすべてを引き継いだのは言うまでもない。

「なんだっていいわ」エリーザはもう一度鍵のことを頼もうとした。

けれどサルバトーレは廊下を進み、長い脚でエリーザの部屋へ向かいはじめた。

彼が迷うことなくエリーザの部屋の前で立ち止まったとき、彼女は疑いの目でにらんだ。

「なぜわたしのルームナンバーを知っているの？」

彼との関係が壊れたあと、エリーザはすぐ引っ越した。前のアパートメントにしみついた思い出に耐えられなかったのだ。

サルバトーレはやれやれというふうに天井を見上げた。「きみの住所を調べるのは難しくない。コンピューターに十五秒も向かえば、たいていの人間の住所はわかる。だが今回は、きみのお父さんにきくだけで事足りた」

「えっ」エリーザは自分のつかの間の恋と悲惨な結末を父に話していなかった。

もし話せば父は衝撃を受けただろうし、彼女自身もそのときはほかのことに対処できる心の余裕がなかったのだ。

「ぼくたちのことをお父さんに話していないんだな」サルバトーレは彼女の気持ちを察して言った。

エリーザは肩をすくめ、彼がキーホルダーの別の鍵を使って部屋のドアを開けるのを、あきらめの気持ちで見ていた。

「子供のことも話していないわ」なぜそれを白状したのか自分でもわからない。

「ぼくも言っていない」

「知っているわ」

エリーザの父は自分の娘の妊娠も流産も知らない。親友の息子が実はどんな卑劣漢であるかということも。エリーザの母も知らない。エリーザが失ったかけがえのない命のことを知っているのは、彼女のほかに世界じゅうでこの男性だけだ。そしてエリーザは最大の敵であるこの男性から、同情や慰めは期待していなかった。

サルバトーレが部屋に入ったので、エリーザはしかたなくあとに続いた。

「いい部屋だ」

エリーザは自分の小さな部屋を見まわした。寝室と居間を兼ねたワンルームだ。独立したバスルームはあるが、主なスペースは普段は居間で、旧式のキャスターつきベッドを壁から引っ張り出せば寝室にもなる。

「明るいな。きみみたいだ」

昔のわたしみたいという意味ね、きっと。エリーザは黄色や白、ローズピンクをふんだんに取り入れ、自分の部屋を明るく心地よくしようと努めた。だがいくら部屋の装飾に熱中しても、喪失感と孤独感は埋まらなかった。小さなキッチンの窓から明るい陽光が差しこんでも、心の奥の暗い感情に薄められてしまうようだった。

「ありがとう」沈黙が続いたあと、エリーザは彼のお世辞にぎこちなく応じた。

サルバトーレはもどかしげに言った。「服を着替えて。夕食に連れていく」

「この格好じゃまずいの?」急に受身になって、エリーザはきいた。

「問題ない。行こう」

サルバトーレが彼女の腕を取った。エリーザは彼の触れた部分が熱くひりひりするような気がした。

「行くとは言っていないわ」エリーザは腕を振りほどこうとした。

「ここでぼくに夕食をつくるほうがいいのか?」

サルバトーレが昔のようにほほ笑む。エリーザの胸は痛んだ。

「きみの手料理は久しぶりだな。すばらしい腕前をまた味わえるとはうれしいね」

その横柄な言葉が感傷を吹き飛ばした。

「あなたが出ていってくれたほうがいいわ」エリーザは彼をにらみつけた。「わたしの無事な帰宅を見届けたんだから、これ以上一緒にいる必要はないでしょう」

「きみは誤解しているようだ」

「誤解?」エリーザは腕を振りほどこうともがくのをやめた。サルバトーレは放さないだろうし、もがけばもがくほど彼が近くにいることを思い知るだけだ。

「きみを置いて帰る気はない」

恐ろしい予感がエリーザの胸を刺した。「どういうこと?」

「オークションが終わるまで、ぼくはきみの誠実な相棒だ」

「あなたが、誠実?」エリーザはあざ笑った。

彼女の腕をつかむサルバトーレの指に力がこもる。「ぼくがきみを裏切ったことは一度もない」

「いやよ」

エリーザの腕を握る彼の指がゆるみ、軽く愛撫《あいぶ》を始める。「何がいやなんだ、甘美な人《ドルチエッツア》」

「あなたと一緒にいることがよ」サルバトーレの手が彼女の鎖骨まですべるように上がったとき、エリーザの声はかすれた。まるで蛇に催眠術をかけられた小鳥のようだ。彼女は動けなかった。でもこのまま触れさせていたら、大変なことになる。

「ぼくはきみのお父さんに約束した。きみを守る、と」

「ボディガードは必要ないわ」

「お父さんは必要だと思っている」

「父はわたしの人生に口出ししないわ」

「確かに。きみは妹と違い、自分の道を突き進んでいる。だが、愛するお父さんがいつも不安にさらされるのはきみだって耐えられないはずだ」

その手に惑わされるものですか。「父はとにかく心配性なのよ。自分でも認めているわ」

「先月、お父さんが心臓発作を起こした。知っているか?」

エリーザは部屋じゅうの空気が吸い取られたように息苦しく感じた。「いいえ」かろうじて声をしぼり出す。「知らないわ」

なぜ父は話してくれなかったの？　父の奥さんのテレーゼだって、なぜ？　エリーザはその思いを無意識に口に出していた。

「ぼくにもわからないが、たぶんきみに心配をかけまいとしたんだろう」

「わたしには知る権利があるわ！」エリーザは胸の痛みを感じた。やはりわたしはよそ者なのね。本当の家族ではないんだわ。

サルバトーレは彼女を見つめた。「いま知ったじゃないか。これ以上お父さんの心臓に負担をかけたいか？」

無力感がエリーザを満たした。確かに離れて暮らしているが、わたしは父をとても愛している。最後に会ったとき、父はどことなく元気がなかった。「いいえ」

「では、ぼくは残る」

エリーザは気力をふるい起こしてあとずさり、巧妙な彼の指の動きから逃れた。「いやよ。父が心配しているというなら、ボディガードは認めるわ。でもあなたはだめ」

「これはぼくにとって大事な仕事だ。他人にはまかせられない」

「わたしのことが大事ですって？」エリーザはせせら笑った。

サルバトーレの目に怒りが宿る。「やめるんだ、エリーザ」

やめたほうがきみのためだ、とその口調は告げている。だがエリーザは自分を止められなかった。心の傷はあまりに大きく、彼がそばにいるとつい皮肉が出てしまう。

エリーザの中には、かつて傷つけられたお返しに、彼を傷つけたいという危険な欲求がある。たとえわずかな皮肉で彼の男としてのプライドをいらだたせるだけでも。

「代わりの人をよこして」

「だめだ」

「父に電話して、あなたにそばをうろつかれたくないと言うわ」

「理由も言うのか？」

アームチェアのわきの小さなテーブルに電話が置かれている。そちらに向かいかけていたエリーザは、サルバトーレのよどみない問いに足を止めた。

「理由は言う必要がないわ」

「お父さんはきみのために最高の人間を望んでいる。ぼくは最高だ。彼は説明を求めるだろう」

確かにそのとおりだ。ビターレ・セキュリティの有能な人材には元軍人もいるが、サルバトーレほど徹底した訓練を受けた者はいない。彼の父と祖父は成長期のサルバトーレをエリート養成校に送り、世界最強の戦い方を学ばせ、訓練させた。

サルバトーレはさらに大学レベルの専門教育を受け、シークレットサービスの要人警護官に匹敵するスペシャリストになった。

「それなら理由を言うわ」

「そして致命的な心臓発作を起こさせるのか？」

エリーザは両わきで拳《こぶし》を握った。「なぜこんなまねをするの？」振り返り、彼と向き合う。体は止めようもなく震えていた。「もう充分にわたしを傷つけたはずでしょう？」

違うとは言わせない。二人の間には確かにその事実があった。彼にはわたしを傷つける力があり、その力を行使したのだ。

サルバトーレの顔がこわばった。「いまはきみを傷つけるつもりはない。守りたいだけだ」

「そばにいられるだけで苦痛なのよ！」これ以上隠してはおけない。あなたと一緒にいるのがつらいのだと正直に話せば、彼もこの騒動から身を引き、代わりの人間を手配するだろう。「思い出がわたしを苦しめるのよ、サルバトーレ。それがわからないの？　やり直すには、あなたが消えてくれるしかないのよ」

サルバトーレの顔に苦痛が走った。が、すぐに消えた。「起こらなかったふりをしても、やり直したことにはならない」

彼はあの出来事に向き合えというの？　エリーザは耐えられなかった。過去を蒸し返すことはただ傷をえぐるだけだ。

けれど彼にわかるはずもない。愛を裏切られ、心を壊された経験のない人には。彼はわたしに、性的欲望以外の何も感じてはいなかった。

このままでは話し合いは避けられない。それだけは絶対にいや。エリーザは二つの災いのうち、ましなほうを選んだ。「夕食に連れていってくれると言ったわね」

「ぼくたちは話し合う必要がある、エリーザ」

エリーザはあからさまに無視した。「本当に疲れているの。今夜は夕食をつくりたくないわ」

話し合いを拒まれ、サルバトーレはいらだちに眉をひそめたが、エリーザの驚いたことに最終的にはうなずいた。

「わかった。着替えなくていいのなら、すぐに出よう」

「少し髪を直させて。口紅も」

サルバトーレが再びうなずくと、エリーザは小さなバスルームへと消えた。

サルバトーレは失望のあまり毒づいた。

エリーザは怒っているだけではない。ぼくを憎んでいる。

流産したのはサルバトーレのせいだとエリーザが口に出したことはないが、あの最後の口論のストレスが流産を招いたのは間違いない。それはぼくが受け入れなければならない罪だが、罪を軽くしようともせず手をこまねいているわけにはいかない。

しかし、結婚の話を出すのはまだ早すぎる。

そう、ぼくは彼女にプロポーズしなければならない。サルバトーレは冷笑的に口をゆがめた。どれだけ彼女に求婚したいと願っているか。それもベッドの中で。あの頑固な女性を言葉で納得させるより、誘惑するほうがよほど簡単だし、よほど楽しいに違いない。

エリーザは拒むだろうが、彼女の体はまだどうしようもなくぼくに反応している。首筋にほんの少し触れただけで彼女の脈は速まった。充分な時間をかけて距離を縮めれば、二人が抱き合うのも時間の問題だ。

たとえ以前に何があっても、ぼくの望みはエリーザのベッドに戻ることだ。そのためには結婚さえ高すぎる代償ではない。彼女のすべての情熱を知り、自分のものにするためには。

バスルームから出てきたエリーザは頼りなく、だが愛らしく見えた。ブラシをかけた髪を髪留めで後ろにまとめている。顔にはいくらか赤みが戻ったが、気持ちが落ち着いたというよりは化粧の効果だろう。緑色の瞳は何も語っていない。いつもいきいきとした深みをたたえている目にはなんの感情もなく、うつろだ。

「あなたはもう出られるの?」表情と同じ生気のない声だった。

その生気のなさをサルバトーレは好きになれなかった。こんな見知らぬ他人ではなく、一年前の元気なエリーザが見たかった。だが少なくとも一歩前進した。

「ぼくの用意はできている」

彼の言葉にエリーザはまぶたを震わせた。サルバトーレは一年前に用意のできていなかった自分をののしりたかった。あのときのぼくは愚か者だった。彼女の父親が言うようにエリーザが母親似だとしても、決定的に違うところがあった。妊娠したとき、エリーザはサルバトーレとの結婚を望んだのだ。

エリーザのおなかの子が本当に自分の子だったという確信はまだない。妊娠を告げられたのは、つきあい出してほんの一カ月後だ。可能性はどれだけあるだろう？　だがサルバトーレはその可能性にかけようと決めた。なぜならエリーザは、彼のベッドに、彼の人生に、永遠に必要だからだ。この決断はあまりに遅く、彼はこれまで自分の愚かさを悔やんで生きてきた。

「行こう」サルバトーレは彼女の手を引いた。

エリーザは彼から離れようとした。今朝宝石店で再会して以来、触れられるのを拒んできたように。けれど彼は放さなかった。

「どこへ行くの？」

「行き先が重要か？」

「べつに」

「ぼくもそう思う」

二時間後、二人はアパートメントに戻った。夕食は最悪だった。エリーザは最初から最後まで彼を見ず、触れるのも話すのも拒んだ。

どちらの顔にも疲労がにじんでいた。

エリーザがあくびをした。

「寝たほうがいい」

彼女はうなずいた。

サルバトーレは小さな部屋を見まわした。こぢんまりとしたソファは、ベッドとして心地よさそうには見えなかった。百九十センチを超える彼にはかなり小さい。壁から引っ張り出すベッドのほうがましだろうが、一緒に寝るのを彼女は許さないだろう。

サルバトーレは明らかに寝心地で劣る床を見た。「きみはぼくを床に寝かせる気だろうな」

エリーザの目が見開かれ、顔が紅潮した。「あなたをこの部屋に寝かせる気はまったくないわ」

「それについては夕食に出る前に解決ずみだと思うが」ずうずうしい嘘《うそ》だ。ひと晩ここで過ごすと言えば、抵抗に遭うことはわかっていた。

ひとり暮らしの女性として当然の怒りだ。

「ここで寝るなんて絶対に許さないわ」

「オークションが終わるまでは寝かせてもらう」サルバトーレは冷酷に言い放った。邪魔者のように扱われた夕食直後と同じ冷たい声だ。彼には人から邪険にされた経験がほとんどない。女性たちはいつも彼の機嫌をとる。別れた恋人でさえ。だがこの女性は違う。おびえたエリーザの表情を見ても、いったん悪くなった彼の機嫌は直らなかった。

「きみを襲うつもりはない」サルバトーレは歯ぎしりして言った。「ぼくはきみを守るためにここにいるんだ」

「信じられないわ」

「ほかにいい解決法があるか？」エリーザが口を開く前に彼はつけ加えた。「言っておくが、きみをひとりにはしないぞ」

エリーザが下唇を噛《か》む。サルバトーレにとって、見覚えのあるしぐさだった。それは真剣に考えているときの彼女の癖だ。

エリーザの顔が嫌悪の表情に変わった。「あくまでもボディガードをすると言い張るなら、あなたの支払いで寝室が二つあるホテルのスイートルームを取るか、廊下に寝るかどちらかよ。選んで」

サルバトーレは彼女を見つめた。これほどうまくいっていいのだろうか。「ホテル」

「いいわ。すぐ荷物をまとめるから待っていて」

何を詰めるかほとんど考えず、エリーザはスーツケースに服をほうりこんだ。彼女がホテルを提案したことに、サルバトーレは驚いているようだった。でも彼がどんなに頑固か、エリーザはよく知っている。いくら抵抗しても、サルバトーレはここに泊まるだろう。この部屋では話にならない。こんなに小さな空間を彼と共有すると考えただけで身震いする。二人を隔てるドアが必要だった。エリーザだけの部屋が。記憶のしみつかないベッドが。

この新しいアパートメントで彼とベッドをともにしたことはない。でも無理やり彼が泊まれば、この部屋がけがれたように感じるはずだ。そうなればまた引っ越しをしなければならない。

なぜ彼はいまでもわたしの感情をこれほど揺さぶるのだろう。なぜときに憎しみが、傷ついて血を流している愛の別の面に思えるのだろう。エリーザはそれ以上考えたくなかった。

3

ホテルの豪華なスイートルームのベッドで、疲れきったエリーザの心に過去の記憶が次から次へと押し寄せた。

すべてはサルバトーレとの再会が呼び起こしたものだ。

すさまじい痛み。裏切られた苦しみ。喪失の悲しみ。だが一方で、輝かしい喜びもあった。

短いけれど、エリーザの人生でもっとも輝いていた時間だった。誰かのものになり、その男性の人生に自分の居場所を見つけたのだった。母がしぶしぶ差し出した場所でも、父と過ごした不自由な場所でもない。

サルバトーレはエリーザを受け入れ、彼女を求めた。

いや、そう信じたかっただけなのかもしれない。

もし時間を戻せるのなら、愛し愛されていると信じていたあの四週間に戻りたい。そしてかなうものなら、永遠にそこで過ごすだろう。

そこではサルバトーレに裏切られた苦しみも、ひどい誤解を受けたみじめさも、彼の誠意のなさを嘆く痛みも永遠に知らないのだから。もちろん、エリーザが欲しくてたまらなかったわが子の死も知らない。母としての愛を生涯注いでいくはずだったわが子の死も。

エリーザの心は、サルバトーレが自分に関心を持っていると気づいたころへ飛んだ。

エリーザはミラノにいた。宝石収集家として有名なある婦人の遺品セールに参加していたのだ。エリーザが泊まっていたホテルの部屋はエアコンが壊れ、むっとする暑さだった。ちょうど冷たいシャワーを浴び終えたとき、電話が鳴った。ほうっておけばフロントが伝言を聞いてくれると思ったが、結局タオルを体に巻いただけの格好で水滴をしたたらせ、部屋を横切って受話器を取った。

「はい？」

「エリーザ？　サルバトーレだ」

サルバトーレ？「父の友達の息子さん？」彼女は驚きの声をあげた。ミラノのホテルの部屋にまで彼が電話をかけてくるなんて信じられなかった。

「きみの友達でもあるといいんだが、いとしい人《カーラ》」

彼の口はなんてなめらかなのかしら。「ええ、もちろんだわ。父に何かあったの？」舌がもつれる。男性を意識する年ごろになってからも、こんなことはなかったのに。

「なぜそう思う？」

「あなたが電話してきたから」

「父親の話をする以外の理由で、美しい独身の女性に電話しちゃいけないのかい？」

優しい冷やかしの言葉に膝が震え、エリーザはベッドの端にどさりと座りこんだ。「もちろんかまわないわ。わたしはただ……」

「ぼくがきみに関心を持っていたことは気づいていなかった。「わたしをからかったことを言っている」

妙な話だが、エリーザは気づいていなかった。「わたしをからかったことを言っているの？」なんて気のきかないせりふだろう。「あなたは女性みんなをからかうのかと思ったわ」

「からかう？　ぼくが？」

「わからないけど」エリーザはサルバトーレについてほとんど知らない。彼女はアメリカの母のもとで成長した。サルバトーレの父親とエリーザの父親は親友なので、彼女がシチリアの父を訪ねたとき何回か顔を合わせたにすぎない。

「きみに関してはそうかもしれない」

サルバトーレは確かにエリーザをからかって気を引こうとした。今年の夏、エリーザがシチリアの父の家に着いて二日目に、彼がプールわきのサンルームにいる彼女を見つけたときだ。

人魚に関する彼のジョーク、そして彼の目に宿る性的な光を、エリーザはいまでも覚えている。イタリアの男性は女性を褒めるのがうまいが、シチリアの男はとりわけうまい。中でもサルバトーレは天下一品だった。

彼は滞在期間中の二週間、折に触れてエリーザをからかった。サルバトーレ一家が彼女の父の家を訪問するとき、あるいはその逆のときも、いつも二週間ほど滞在する。この二家族は親しく、頻繁に行き来していた。

エリーザはどんどん彼に惹《ひ》かれていった。

彼女は男性と恋に落ちたことはまだ一度もなかった。

「もっとぼくについて知ってほしい」サルバトーレは重ねて言った。「そんな軽い男ではないことを見てほしいんだ」

「あなたをもっと知る?」その響きはとても楽しげだ。

「そうだ」

「いいわ」

「四十分で迎えに行く」

「えっ?」いま?　彼はいま知ってほしいの?

「夕食に行こう」

「わたしと夕食に行きたいですって?」

サルバトーレがもどかしげな、だがおもしろがっている口調で尋ねる。「ぼくがいまなんて言ったと思ったんだい？」

「わたしと夕食に行きたい、と？」

エリーザはハリウッドでも有名な恋多き女優の娘だが、エリーザ自身は地味な生活を送り、男女の恋愛ゲームとも無縁だった。母やその取り巻きたちのようにはなるまいと心に誓っていたのだ。エリーザはまわりの人間と違い、愛を軽んじてはいなかった。

だがその経験不足がたたり、いまはばかみたいな返答をしている。もし夕食の誘いを取り下げられても当然の報いだわ。彼女は暗い気持ちになった。

「ああ。きみと夕食に行きたいんだ。さあ、身支度の時間はあと三十五分だぞ」

サルバトーレは三十五分後に到着した。

身支度は間に合った。

彼はエリーザを上品なレストランに連れていった。食事もワインも申し分なくおいしく、食事のあと、二人はダンスをした。

サルバトーレは彼女を抱き寄せた。なれなれしい抱き方だったが、エリーザは許した。

夢見心地とはこういうことを言うのだろう。

音楽に合わせて体を揺らされたとき、エリーザは一度も経験したことのない激しい感覚に襲われた。

思いもよらない性的欲望。一瞬にして火がついたように熱く、とめどない感覚だ。

さらに彼女を強く抱き寄せ、サルバトーレは言った。「きみはなんてすてきな抱き心地なんだろう、甘美な人《ドルチエッツア》」

「あなたも」声が低くかすれる。そんな言い方をしたのは人生で初めてだ。だが自分の声ではないようにセクシーに聞こえた。

「よかった」

エリーザは顔を上げ、彼を見た。二人の視線が強くからみ合う。

「甘い香りがする」サルバトーレは彼女の上にかがみこんだ。「きっと唇も甘いんだろう」

そのキスは、彼女が思いこんでいた自分自身の人間像を打ち砕いた。

エリーザは花火のようにはじけ、この世のものとは思われない熱に焼かれた。

あまりの熱さから逃れようと周囲のことも忘れ、エリーザは無我夢中で彼の腰に自分を押しつけた。それはただ状況を悪化させただけだった。サルバトーレがうめき、唇に容赦のない欲望を加えてくる。

エリーザもキスを望んでいた。自分の中にひそむ官能のすべてをこめて彼に応《こた》える。

サルバトーレは唇を引きはがした。「ここを出よう。さもないといますぐきみと愛し合って、公然猥褻《わいせつ》罪で逮捕されてしまう」

驚いたことに、エリーザは彼をからかう自分の声を聞いた。「警察はその手のことを大目に見てくれるらしいわよ」

サルバトーレはかぶりを振った。「冗談はやめてくれ。ぼくはもう限界だ。きみとベッドへ行きたい。一刻も早く」

この強烈な情熱の行き着く先を突然悟り、エリーザは文字どおり凍りついた。彼の猛烈な勢いを止めなければ。

「ベッドですって？　いますぐ？」

サルバトーレがじろりとにらみつける。エリーザの心臓が縮んだ。

「きみがその気にさせたんだろう？　あのキスがベッドへの前奏曲でなくてなんだというんだ？」

エリーザとしては、その気にさせたつもりはなかった。でもサルバトーレはそう思っている。一度もキスをしたことがないから何がベッドへの前奏曲になるか知らなかった、などと彼に言えるだろうか？　経験のなさを認めれば、サルバトーレはたちまちわたしに見向きもしなくなる。彼は洗練された女性とつきあい慣れているのだから。

「わたしたち、きょう初めてデートしたのよ」

「シチリアでまる二週間、一緒に過ごした。あのときベッドに誘おうとしたが、あの家でそんなことをすれば、きみのお父さんや家族に失礼だと思った」

「わたしが誘いに乗ると思ったの？」熱い感情が消え、怒りが取って代わる。

ほかの女性と同じように、わたしが彼のベッドにのこのこついていくと思ったのかしら？　よくもそんな——。

「願えばかなう」エリーザの思考をさえぎり、サルバトーレは言った。「ぼくはきみが欲しい。いまでも熱烈に。でもきみの心の準備がまだなら、そう言ってくれ。きみのペースで進めよう」

彼の口調や目の深みには誠実さがある。エリーザは再び彼に魅せられた。

「わたしもあなたが欲しいわ」

サルバトーレの息遣いが荒くなり、体は限界まで張りつめた。「では行こう」

エリーザはうなずいた。

彼女はサルバトーレの家に連れていかれた。エリーザはそのとき初めてサルバトーレがミラノの広大な一等地に住み、そこで衛星技術を駆使したセキュリティ会社を動かしていることを知った。

屋敷に入るやサルバトーレは彼女にキスをし、エリーザからあらがう気力を奪った。

エリーザは数時間後に目を覚まし、日ごろの運動でも経験がないほどの体の痛みを感じた。サルバトーレはまだ隣で眠っている。静けさの中で彼の寝息が聞こえる。初めて他人とひとつのベッドに寝ていることを彼女は強く意識した。

エリーザは頬に手を当てた。熱くほてっている。あんなことのあとでは無理もない。サルバトーレはわたしがバージンではないと思っていた。もし初めてだと感じれば、あれほど激しく情熱をぶつけてきたりはしなかっただろう。

エリーザはそっとベッドを抜け出し、バスルームに行った。シャワーを浴び、彼の愛のしるしがついた体を洗う。バスルームを出て、姿見に映る自分を見た彼女は、その場で動けなくなった。

こちらを見つめ返すその女性は、彼女がよく知る自分ではなかった。見知らぬ女性、みだらな他人だった。胸の頂はまだ硬く、かすかな痛みが残っている。胸についた小さな跡は、激しかったキスを思い出させる。

エリーザは以前とまったく違う自分を感じた。まるで精神の部分でサルバトーレと結びついているかのようだ。心は彼のことでいっぱいだった。これほど急速に恋に落ちるなんて。この気持ちがこんなに強くなければ、とても現実とは思えないだろう。

でもサルバトーレのほうは？

彼は経験豊富な男性だ。数多くの女性とベッドをともにしているに違いない。今夜のことは、彼にとってなんの意味もないことなのでは？

その答えを知るのが怖かった。サルバトーレはまだ眠っているだろうか？　エリーザがベッドを抜け出したとき、彼は静かに寝息をたてていた。きまり悪い朝を迎えるくらいなら、いますぐ服を着てタクシーを呼び、ホテルに帰ったほうがいいかもしれない。

サルバトーレは彼女が誤解するようなことを何ひとつ口にしていない。きみとベッドに行きたい、と言っただけだ。彼がわたしを愛してくれるはずがない。あれほどセクシーでとびきりの男性だもの。

彼は女性に不自由していない。わたしにとってすべてを意味する一夜が彼にとってなんの意味もなくても、責めることはできない。いくらわたしがバージンだったとしても、二人の間に何も約束はなかったのだから。

明かりを消してドアを開け、暗闇《くらやみ》に目を慣らすと、エリーザは寝室に足を踏み出した。彼を起こしたくなかった。

エリーザの衣服は散乱していた。彼女はショーツらしき白いものに近づいた。

「いとしい人《カーラ》、寂しかったよ。ベッドに戻っておいで」

かがんで薄い布地に手を伸ばしたまま、エリーザは体をこわばらせた。「もう帰ろうと思って」

「だめだ」

サルバトーレの動きはすばやく、次の瞬間にはベッドを出て、エリーザを抱き寄せていた。

「ここにいたまえ」

「でも……」

「ぼくたちは二人でひとつだ。つきあってる女性が手の届くところにいるのに、ひとりで寝たくない」

つきあっている女性？　それは彼にとってどんな存在なの？　唇で唇をふさがれたとき、エリーザはそれ以上何も考えられなくなった。

それからの四週間、エリーザは幸せの絶頂にいた。ミラノでの滞在を数日延長して自宅に戻ると、サルバトーレから日に何度も電話がかかってきた。次の週末は彼のほうから訪ねてきて、その次は彼女が数日休みを取ってミラノへ舞い戻った。サルバトーレはニューヨークへの出張のときも彼女を同行した。

夢のような日々だった。エリーザが吐き気のために朝食をとれなくなるまでは。

エリーザは避妊用のピルをのんでいなかった。二人が初めて愛し合ったとき、サルバトーレは自制心を失い、避妊具の使用を忘れた。彼は二度と同じ過ちを繰り返さなかったから、たった一度の失敗のことはどちらもあえて口にしなかった。だがここに来て、それは重大な意味を持つことになった。

エリーザは素直に喜んだ。サルバトーレの子を身ごもったと思うと夢心地になった。

彼に打ち明けようと決めた夜、エリーザはアパートメントで腕によりをかけて夕食をつくった。サルバトーレはミラノから飛行機で来て、彼女と二晩を過ごすことになっていた。

エリーザは再会が待ちきれなかった。

ノックの音が聞こえ、すぐに彼女はドアを開けた。

サルバトーレの顔に優しく物憂げな笑みが広がる。「寂しかったんだな、甘美な人《ドルチエッツア》」

「ええ、ずっと」

サルバトーレはかばんを落とし、エリーザを抱いてキスをした。夕食は忘れ去られた。

しばらくして二人が抱き合ったままベッドに寝そべったとき、エリーザは話をきりだした。

「サルバトーレ……」

「ああ《シ》」サルバトーレはエリーザの腰を撫《な》で、低い満足げな声を出した。

「わたしたち、一度も子供の話をしたことがないわね」

サルバトーレの体がこわばった。「そうだな」

エリーザは顔を上げ、彼の目を見た。「子供は好きでしょう?」

彼の表情から本心は読めなかった。「シチリアの男はみんな子供好きだ」

エリーザはほほ笑んだ。「よかった」

「話はそれだけか?」

「まだあるわ」

サルバトーレは腰への愛撫《あいぶ》をやめ、彼女の指を強く握ったが、何も言わなかった。

彼が来る前に感じていたかすかな不安が、エリーザの胸をざわつかせる。

エリーザは本能的に手をおなかに当てた。「わたし、妊娠しているの」

沈黙が流れた。彼の表情は変わらない。呼吸だけが荒くなった。

「サルバトーレ?」

「いつわかった?」エリーザが初めて聞くとげとげしい声だ。

「今週よ」

サルバトーレの体からわずかに緊張が吐き出される。「そしてすぐぼくに話したのか」

「ええ、もちろん。あなたには隠したくないから」

「それはたいしたものだ」しかし少しも感嘆しているようには見えない。

「とまどうのも無理ないわ。わたしも驚いたもの」

彼の唇がゆがむ。「さぞ驚いただろうな」

「だってたった一度で妊娠するなんて。最初のときよ。妊娠しやすい時期でもなかったのに。こういうのを奇跡と呼ぶのね」

「奇跡?」サルバトーレは喉がつまったような声を出した。「ほかの男の子供を妊娠して、それを奇跡だと?」

エリーザはショックで起き上がった。「何を言っているの?　ほかの男?」

「ミラノへ来る前にほかの男と寝たんだろう?」

「わたしがほかの男性の子供を妊娠したと思っているの?」声が悲鳴に近くなる。

「ぼくの赤ん坊のふりをするな」その声はエリーザがおびえるほどだけだけしかった。

「でもそうなのよ」胸が押しつぶされたように苦しい。「最初のとき、あなたは避妊するのを忘れたわ。覚えていないの？」

サルバトーレはベッドから飛び起き、エリーザを見下ろした。彼女が初めて見る激しい怒りに目を血走らせている。「きみにとっては実にラッキーだったな。何があったんだ？赤ん坊の父親がぼくほど金持ちではないのか？　それとも愛想を尽かされたか？」

「ほかの男性なんていないわ」エリーザは説得しようとした。だが言葉はささやき声にしかならない。「これまで一度もいなかったのよ」

サルバトーレの嘲笑《ちょうしょう》がメスのように彼女を切り裂いた。「きみは初めてのデートで体を許した。そんな話が信じられるか」

「求めたのはどっちなの？」

「うぶなふりはよせ。きみの事情からして、ぼくの性急さは天の恵みだったってわけだな」

「あなたをその気にさせたわけじゃないわ。わたしはバージンだったのよ！」こんなふうに打ち明けたくはなかった。まるで言い訳のように。実際、これでは言い訳だ。

「嘘《うそ》を言うな」

「嘘じゃないわ」

「ぼくはほかの男の失敗の責任をとるつもりはない」

エリーザはおなかを守るように両腕で腹部を抱きかかえた。「この子は失敗じゃないわ！」

「そうかもしれない。だがきみは父親がぼくだと思いこませようとしている。きみが正直に言えばあるいは、ぼくはこの関係を続け、経済的援助をする気にもなったかもしれないが」一語一語に軽蔑《けいべつ》をこめ、サルバトーレは服を着はじめた。

「何をしているの？」

サルバトーレの目が愚かな質問をあざ笑う。「帰るんだ」

エリーザはベッドから飛び下り、彼の前に立った。こんなひどい終わり方はできない。わたしの幸福を誤解のために引き裂かせるなんて。

エリーザは彼の腕をつかみ、必死で訴えた。「お願い、サルバトーレ。あなたの子なのよ。誓うわ。愛しているの。嘘じゃないわ！」

サルバトーレは彼女の腕を振りほどいた。「やめろ。芝居はもうたくさんだ。きみは負けたんだ。いいかげんに認めろ」

「芝居じゃないわ。おなかにあなたの子がいるのよ。父親になりたくないの？」

サルバトーレは顔をゆがませ、彼女に背を向けた。

彼が服を着終える。予想もしなかった相手の反応に、エリーザは凍りついていた。サルバトーレが寝室を出て、居間を通り抜けていく。彼女はあとを追った。彼はごちそうが並ぶ食卓に目を走らせると、顔を引きつらせ、唇をいっそう強く結んだ。が、何も言わなかった。

サルバトーレは玄関ドアの前で立ち止まり、振り返って彼女と目を合わせた。

エリーザの胸を刺す目だ。彼の目は多くを語っていた。怒り、さげすみ、哀れみ……。

「このことはきみのお父さんには内緒にしておく。ひどいショックを受けるだろうからな。だが子供の父親がぼくだなどと言ってみろ。きみを守るために嘘はつかないぞ」

エリーザの心のどこかで反抗心が頭をもたげる。わたしと子供を否定しておいて、よくも頭ごなしに命令できるわね。「父に言うわ」エリーザは毅然《きぜん》として彼を見据えた。苦痛の火の玉がいまにも胸で爆発し、心を黒焦げにしそうだ。「子供の父親はあなたよ。あなたを守るために嘘はつかないわ」

彼の唇が軽蔑でゆがむ。「やめておけ」

「あなたにとってはただのセックスだったのね？」

「きみのような女とほかに何がある？」

エリーザは答えなかった。答えられなかった。心は破裂し、痛みが体を襲った。立っているのがやっとだ。

サルバトーレが出ていくと、エリーザはふらふらとバスルームに駆けこみ、トイレに吐いた。

サルバトーレはスイートルームのソファで長い脚を伸ばし、エリーザが自分の寝室へ入った直後についだシングルモルトスコッチを飲んでいた。彼女は疲れたと言って早く休みたがった。

事実、彼女はひどく疲れて見えたし、いまにも壊れそうに見えた。あの悲劇から一年たってもエリーザは立ち直っていない。美しい緑色の瞳も深い悲しみと苦悩をたたえてそれを告げている。何もかもぼくのせいだ。ぼくは彼女にひどい仕打ちをし、小さな命を失わせた。

ぼくのせいだ。

サルバトーレは目をこすった。血の海になったベッドに横たわるエリーザの姿をどうして忘れられるだろう？

おなかの子の父親は彼だと訴えたあの運命の夜以降、エリーザは何度も電話をかけてきた。サルバトーレは電話に出なかった。エリーザはミラノまで会いに来たが、彼は会うのも拒んだ。

だがしだいに冷静になり、彼女のおなかの子が自分の子である可能性を考えてみるようになった。しかしやはりあり得ないことに思われた。サルバトーレは自分を納得させるため、若さゆえの性急さでほかの想定を引っ張り出した。つまり、エリーザの父が言うように、彼女が母親そっくりだとしたら？

そうは見えなかった。エリーザはほかの男性とやたらにつきあってはいなかったし、サルバトーレだけが生きがいに見えた。もし実の父からエリーザは母親と瓜《うり》二つだと聞いていなければ、サルバトーレは彼女が清らかな女性だと思っただろう。

あの夜に彼女が訴えたように。

エリーザのいない一カ月は、彼女なしでも平気だというサルバトーレの自負を打ち砕いた。彼は体が痛むような寂しさを感じ、どれほど仕事に没頭してもその寂しさは消せなかった。エリーザに裏切られた傷を抱えたまま、ほかの女性とデートする気にもならなかった。

なぜ彼女はぼくが子供の父親だと言い張ったのだろう？

深夜暗闇の中で、サルバトーレの胸に良心が語りかけた。彼女は真実を語っていたのでは？　たとえ嘘だったとしても、嘘をついた気持ちがわかる気がした。エリーザはぼくを愛していた。ぼくを失うのが怖かったのだ。

それくらいぼくの存在が大事なのだ、とサルバトーレには信じられた。きっと自分の妊娠と向き合うことも怖かったのだろう。

いくつかの決意を胸に、サルバトーレはエリーザに会いに行った。

最初のノックで応答はなかった。サルバトーレはもっと強くノックした。ドア越しに彼女の好きな歌手の歌声がかすかに聞こえてきたから、不在でないことはわかった。エリーザは電化製品をつけたまま外出したりはしない。

サルバトーレは三度目のノックをし、ドアノブに手をかけた。

ノブは手の中でまわった。あまりの不用心さに彼は腹を立て、ドアを開けて室内に入った。おおかたエリーザは入浴中なのだろう。ノックも聞こえない場所はそこしか考えられない。しかしバスルームのドアは開いていて、中は暗かった。

サルバトーレは寝室に向かった。胸騒ぎが襲う。何者かが押し入っていたらどうする？　エリーザがけがをしていたら？　あるいはもっと悪いことになっていたら？　ぞっとする光景が胸をよぎる。彼は寝室に飛びこんで身構えたが、乱入者はいなかった。

ただ毛布が盛り上がり、その下で女性が体をまるめていた。

エリーザは眠っていなかった。うめき声をあげ、涙に頬を濡《ぬ》らしていた。

4

「エリーザ？」ベッドのかたわらにサルバトーレは膝をついた。

エリーザの目が開く。緑色の瞳が苦痛にかげっている。「サルバトーレ？　なぜここに？」

「そんなことはどうでもいい。どうしたんだ？」

苦悶《くもん》の表情を浮かべ、エリーザがすすり泣く。聞くのもつらい泣き声だ。

「おなかの子に何か起こっているんだわ」

サルバトーレは携帯電話を取り出し、番号を押した。「救急車を呼ぶ」

エリーザは答えない。ただうめき、叫び声をあげるだけだ。

救急車の到着までには長い時間がかかった。

エリーザはむせび泣き、天の救いを求めるようにつぶやいた。「痛い、ああ、神さま」

救いは得られなかった。エリーザは依然として体を痙攣《けいれん》させ、枕《まくら》の端から端まで頭を振り動かした。

守るようにおなかを抱えている彼女の手に、サルバトーレが手を重ねる。「何があった？」

「わからない」次の言葉が来るまでに長い泣き叫びがあった。「わたしは何もしていないわ」

サルバトーレは手を握って励ましつづけたが、エリーザの痛みをやわらげることはできなかった。

救急隊員が到着した。エリーザが急にすさまじい力でサルバトーレの手をつかんだ。

「わたしを動かしちゃだめ。動かしたら子供が死ぬわ」

「エリーザ、病院で手当てをしないと」

「だめよ」エリーザの指がサルバトーレの指を引っかく。「起き上がったら、子供が死ぬわ！」

「寝たままの状態で運びますから」救急隊員が約束したが、エリーザは聞いていない様子だ。

彼女の目はサルバトーレの顔に釘《くぎ》づけだった。「お願い、この子を奪わないで。約束するわ……」再び激痛に襲われ、彼女の声はとぎれた。

「大丈夫だ。この人たちを信用したまえ」

「できないわ。関係ない人たちのことなんか」

彼女は完全に錯乱している。どうやってなだめればいいのかサルバトーレにはわからなかった。

「わたしの子よ。お願い、殺さないで。この子を愛しているの」

サルバトーレの目が熱くなり、喉がつまった。

エリーザの目は彼に懇願していた。「お願い、サルバトーレ。わたしの赤ん坊を殺さないで。約束するわ。父親の名は誰にも言わない。わたしはアメリカに戻り、これ以上あなたを困らせない。だからこの子を奪わないで」

一語一語が鈍い刃《やいば》となってサルバトーレの良心に突き刺さる。「そんなことを言わないでくれ」

それまで無言だった救急隊員が毛布をはいだ。エリーザの下でみるみる赤いしみが広がっていく。

サルバトーレはうめいた。「エリーザ……」

エリーザは自分の下を見やり、悲鳴をあげた。その声はいまでも彼の胸にこだまし、思い出すたび拷問のようにはらわたをえぐる。

エリーザはアパートメントを出る前にわが子を失い、移送のために鎮静剤を投与された。出血多量で危うく命を落とすところだった。

最初の三日間、見舞いに来たサルバトーレをエリーザは無視した。彼が何か言ってもキスしても、なんの反応もしなかった。まるで彼がそこにいないかのように。四日目に、エリーザの回復を期待してやってきたサルバトーレは、彼女が退院したことを知らされた。エリーザは仕事にも復帰しなかった。退院後の四週間を彼女がどこで過ごしたのか、セキュリティのエキスパートである彼もいまだに知らない。

エリーザは自分の悲鳴で目覚めた。心臓が激しく打っている。体は汗で濡《ぬ》れていた。ベッドわきの明かりに手を伸ばすと、思いがけずごつごつした男性の肌に触れた。

「いとしい人《カーラ》、大丈夫か？」

なぜサルバトーレがわたしの寝室に？　エリーザは思い出した。彼はわたしの新しいボディガード。オークションが終わるまでの。

「ただの夢よ」エリーザは身震いした。あの夢を見ると、いつもひどい寒さに震えるのだ。

「助けに駆けつけてくれなくてもよかったのに」

「ただの夢というより、悪夢のようだった」神経の高ぶりによる彼女のいやみを、サルバトーレは気にする様子もなく言った。「おなかの子の夢か？」

「ええ。なぜそう思うの？」あの夢がどんなにわたしを苦しめるかわかるはずがないのに。

「あのときと同じ悲鳴だった。きみが子供を失ったことに気づいたときの」

「悲鳴の調子があなたに何を思い出させようが、わたしの知ったことではないわ」

「簡単に忘れられそうにない悲鳴だ」

自分の反抗的態度にエリーザの息は震えた。悪夢そのものと同じくらい夢のなごりが憎い。「わたしも忘れられないわ」

「残念だよ」

何が残念なのか、エリーザはきかなかった。きく必要がなかった。サルバトーレは病院で言った。きみの子供が死んだのはぼくのせいだ、と。もし彼があのとき、ぼくたちの子供と言ってくれたら、エリーザは彼を許したかもしれない。

「わたしも残念だわ」彼がそばにいてくれたら、とエリーザは思った。しかし、彼女は出ていってくれるようサルバトーレに頼んだ。「わたしは大丈夫。もう自分の部屋に戻って」

サルバトーレは立ち上がり、無言で出ていった。エリーザは残された寂しさを感じた。そんな権利がないのはわかっているのに。彼女は悪夢の余韻から逃れようと、上掛けの下で体をまるめた。

まもなくサルバトーレは戻ってきた。彼はスイートルームの居間に接するドアを開け放した。居間の明かりが彼女の寝室の暗い陰を追い払う。

サルバトーレはベッドわきまで来て、マグカップを手渡した。エリーザはひと口飲んで、強いアルコールにむせそうになった。

「ホットブランデーだ。眠りを助けてくれる」

エリーザは感謝してうなずき、言葉もなくブランデーを飲んだ。

「さっきみたいな悪夢はよく見るのかい？」

よく見たのは流産して一カ月の間だけだ。「いいえ。でもゆうべは思い出していたの」

「ぼくもだ」

エリーザは顔を上げた。だが彼の表情は闇《やみ》に包まれて見えない。「あなたのせいじゃないわ」

サルバトーレは窓辺に行き、カーテンを開けて外の暗闇を見つめた。「医師は精神的ストレスが流産の原因だとぼくに言った。きみは確かに精神的ストレスのただ中にあった。ぼくのせいで」

エリーザには否定できなかった。でも彼を責めることはできない。おなかの子を拒絶されたことで、エリーザは彼を責めた。でも流産が彼のせいだとは思っていない。「きっとあれでよかったのよ」

サルバトーレは振り向いた。「なんだって？」

「望まれない子供がどう育つか、わたしは知っているわ」子供を強く望みながらも、エリーザはずいぶんそのことを考えた。生まれる前に父親に拒絶された子供の人生につきものの問題から目をそらすことはできなかったのだ。

「だがきみは子供を望んでいた」彼の声は耐えがたい感情を抑えるかのようにかすれた。

「ええ、でもあなたは望まなかった。父の愛を受けられないなんて、自分はどんな悪いことをしたんだろうと思ってその子は育つわ」

「ぼくは自分の子供が欲しかった」

でも彼は自分の子だと信じなかった。エリーザはあえてそのことに触れなかった。これ以上彼とけんかをしたくない。

サルバトーレも話題をそらした。「きみはお父さんに愛されていないと思っていたのか?」

エリーザは大きく息をついた。成長期のわたしが父に感じていた複雑な思いをどう表現すればいいのだろう?「いいえ、愛されていないとは思わなかった。でも格別望まれているとも思わなかったわ。わたしは父の大きな過ちの象徴なのよ。妹のアンネマリーと違い、父が理解できる娘でもなかったわ。どこか異質で、風変わりで、本物のシチリア人じゃない。家族ともしっくりいかなかったし、自分でもそう感じていたわ。わたしが毎年夏にシチリアを訪れるたび、父は平和な家庭に侵入者がまぎれこんだように思わずにはいられなかったはずだわ」

サルバトーレはベッドの端に腰を下ろした。「それは悲しかっただろうな」

否定してなんになるだろう?「ええ」

「お母さんはどうだった?」

「あの人は母親になんてなりたくなかったのよ。でも人に頼るのが嫌いでプライドも高いから、わたしを父にまかせなかっただけ。だからわたしはたいてい寄宿学校にいるか、子守り《ナニー》と一緒に過ごすかだったわ」

「なんてことだ」

エリーザは肩をすくめた。「それはいいの。家にいたくなかったから」

「どうして？」

「母はいつも取り巻きに囲まれていたわ。どちらも結婚など考えない、ただの火遊びよ。汚らしく思えたし、いとも簡単に男性のベッドからベッドへ飛びまわる母を見れば娘として傷つくわ」

それが本当ならなぜ母親のようになったのかとサルバトーレはききたかったが、やめておいた。赤ん坊の一件以来、エリーザは初めて進んで彼に話をしているのだから。

「それで大人になるとお母さんから離れて、イタリアに住むようになったのか」

「ええ」

「だが、お父さんからも離れている。なぜシチリアで暮らさない？」

「父は典型的なシチリアの父親よ。近くに住めば一緒に暮らさないわけにいかないし、それではテレーゼやアンネマリーに悪いわ」

「悪い？」

「あの家庭を乱したくないの。夏に訪ねると、いつもわたしを寛大に迎えてくれる。それで充分」

「きみの家族じゃないか」

「いいえ」エリーザの声ににじむのは悲しみではなく、あきらめだった。「わたしの居場所はあの中にないわ」

　サルバトーレはみぞおちを馬に蹴《け》られたようなショックを感じた。アダモ宝石店をひとりできりもりする充分な自信を持ったこの女性は、自分の家族の中に居場所がないと信じているのだ。


　そのことは、翌日エリーザを車で職場に送っていくときも、まだサルバトーレの頭から去らなかった。

　エリーザは黙りこくっていたが、前日見せた敵意は消えている。それだけでも彼はうれしかった。

「オークションの招待状は出したのか？」アダモ宝石店の前で車を止め、サルバトーレは尋ねた。

「ええ。もう返事をくれたかたもいるわ。かなりの数になりそうよ」

「招待状を出した人のリストと出席の返事をくれた人のリストが欲しい」

「わかったわ」

「ぼくと闘うのはやめたんだな」

彼につけ入るすきを与える前に、エリーザは車のドアを開けた。「だからなんなの？オークションまであと二週間もないわ。オークションが終わったら、あなたとはさよならよ」

車から降りた彼女にサルバトーレのつぶやきは聞こえなかった。「さあ、どうかな」

数時間後、エリーザとサルバトーレは店に二人きりでいた。シニョール・ディ・アダモも、新しいセキュリティ装置を取りつけていたサルバトーレの部下たちも、すでに帰宅していた。設置はまだ終わっておらず、古い配線が散乱している。片づくのは明日以降だろう。

サルバトーレは怒っていたが、誰に何ができるわけでもない。

エリーザはひそかに意地の悪い満足感をおぼえた。彼がどんなに望んでも、頭ごなしにわたしへ命令してどれほど快感を得ても、全世界を思いどおりに動かすことはできないのだ。

ささやかな抵抗として、エリーザは彼の存在を無視した。サルバトーレと雇主が彼女を話題にしても、黙って聞き流した。セキュリティ装置に関する二人の会話に引きこまれるのも拒んだ。

サルバトーレがエリーザと二人で残り、店の戸締まりをすると決めたときも、彼女は無言だった。恋人同士だったころよく利用したレストランに彼が今夜の食事の予約をするのを聞いても、気づかないふりをした。

だが、目の前に小さな金色のばらのブローチが差し出されたときはさすがに限界だった。エリーザはサルバトーレの手を払いのけ、彼をにらみつけた。「追跡装置はいらないわ」

サルバトーレの眉はつり上がったが、口元は満足げにほころんだ。「ぼくと口をききたくないのかと思ったよ」

エリーザは沸騰寸前のやかんになった気分だった。「あなたと一緒にいること自体いやなのよ。口をきかなければ、あなたを無視できる。でもそれさえできないようにする気なのね？」

ダークブラウンの目が険しくなる。「そうだ」

きびすを返して歩き去ろうとしていたエリーザは、その言葉に足を止めた。怒りに身をこわばらせて振り向く。「どうしてなの、サルバトーレ？　なぜわたしを苦しめるの？」

「苦しめる気はない。きみはぼくのものだ。きみの人生にぼくが存在していないふりは許さない」

信じられない言葉だ。「冗談じゃないわ。聞かなかったことにするわ」

「きみはもう聞いた。認めるんだな」

「わたしはあなたのものじゃないわ」考えただけでもけがらわしい。「わたしたちの赤ん坊を拒絶しておいて、よくもそんなことを」

「ぼくたちの子供は拒絶していない」

「いまさら何よ?」エリーザは言いかけて、急にあざ笑った。「ああ、そうよね。自分の子だと信じていなかったんですものね。だから自分の子供は拒絶していない。なんて都合のいい言い訳かしら」

「たった四週間のつきあいで妊娠を告げられて、ぼくが信じると思ったのか?　なんたることだ《ボルカ・ミゼーリア》!　別の男との関係を疑うのも当然だろう?」

「なぜ疑うの?」そんな女だと疑わせることは何ひとつしていないはずなのに。「いいかげんに認めたらどう、サルバトーレ?　あなたはわたしの不貞を見たわけじゃない。ただ自分の子だと信じたくなかっただけよ」

「きみは知らないんだ!　ぼくがどんなに信じたかったか!」

その声の激しさにエリーザはあとずさった。サルバトーレは情熱的な男性だが、彼女にどなったことは一度もない。赤ん坊のことで言い争った夜でさえ。「ええ、残念ながら知らなかったわ。あなたの態度を見れば明らかだもの。わたしが誰とでもベッドをともにする女だという確証はないのにあなたはそう信じた。わたしがそんな女ならいいとあなたは思っていたんでしょう?」

「きみの父親がぼくに言ったんだ。エリーザは母親そっくりだと」

非難に満ちたその口調に、彼女はたじろいだ。

「そうとも」サルバトーレが彼女の反応に納得してうなずく。「シチリアの男性、フランチェスコ・ジュリアーノが実の娘についてつくり話をするはずがない。彼はきみがショーナ・タイラーにそっくりだと言った。美しさや演技力より、奔放な男性関係で名を馳《は》せるあの女優に」

エリーザはよろめいた。まさか。父が彼にそんなことを?

「わたしがショーナにそっくりだって、父が言ったの?」ひどい。ひどすぎるわ。エリーザは苦痛のあまり立っていられないほどだった。

確かに父娘《おやこ》の間には距離がある。でも距離があっても父はわたしのことを知っていると思っていた。わたしがどんなに母の生き方を嫌っているか、理解してくれていると思っていた。口に出して訴えたことはないけれど。あけすけにそれを言うことは、なぜか母への裏切りのような気がしたからだ。父はいったいわたしの何を見て、気軽に情事を楽しむ女だと思ったというの?

アンネマリーのことなら、父はけっしてそんなふうに言わないだろう。

サルバトーレは哀れみの目でエリーザを見ている。それが傷ついた彼女に追い打ちをかけた。

「同情はやめて！　父もあなたも間違っているわ。だけどそう思われてもかまわない。かまわないわ」信念より自暴自棄で嘘《うそ》をつく。

わたしは大人の女性よ。父やサルバトーレの信用などいらない。人生で愛したただ二人の男性がわたしを身持ちの悪い女だと思うなら、そう思わせておけばいい。

サルバトーレは何か言いたげに口を開き、唐突に閉じた。店の外の通りに顔を向け、一点を見つめる。

エリーザは何か言おうとしたが、彼は首を横に振り、唇に人差し指を当てた。

サルバトーレがわずかに首をかしげ、シニョール・ディ・アダモのオフィスへ静かに歩み寄る。

エリーザもすばやくそのドアを見た。細く開いている。雇主が帰るときも開いていたかどうか、思い出せない。サルバトーレの警告が胸によみがえり、彼女は身震いした。

本当なら二十分以上前に、金庫室の宝石をチェックしに行くはずだった。だがサルバトーレとの口論で閉店時刻が過ぎても店にいたので、いつもの戸締まりの手順を何も踏んでいない。

オフィスのドアが勢いよく開いた。サルバトーレがさっとその方向へ動く。同時に正面のドアから奇怪なカーニバルのマスクをかぶった男が二人飛びこんできた。

オフィスからも男が出てきた。手に銃を持ち、ほかの二人よりさらに不気味なマスクをかぶっている。

目にも止まらぬ速さでサルバトーレは銃を持った男を蹴り飛ばした。男は戸口を通り越し、オフィスの中に倒れこんだ。

ほかの二人がサルバトーレに突進する。彼はエリーザに叫んだ。「金庫室へ入って、扉を閉めろ」

エリーザは金庫室へ走った。でも外にサルバトーレを置いたまま鋼鉄の扉は閉められない。

サルバトーレは残りの男をたたきのめし、床に失神させた。だがエリーザはオフィスのドアの向こうで銃を持った男がすでに起き上がっているのを見た。と、別の黒い人影も動く。もうひとり銃を持った男がいる！

「サルバトーレ！」

彼はその悲鳴を聞き、振り向いた。

エリーザが激しく手招きをする。「ほかにもいるわ！　来て！」

「ぼくは大丈夫だ。扉を閉めろ、早く」

「いやよ。あなたを置いては」

サルバトーレは毒づいた。

とっさに彼は床に転がる男たちを見た。ひとりは動き出している。彼が危ない。恐怖でエリーザは叫んだ。「サルバトーレ、来て！」そのとき彼女の直感がひらめいた。彼はわたしを危険にさらしたくないはずだ。「あなたが来ないなら、扉は閉めないわ！」金庫室の外に一歩出て、本気だということを示す。

サルバトーレは悪態をついた。一年前のひどい口論の最中にも彼女が聞いたことのない言葉だ。彼はオフィスのドアに強烈なひと蹴りを食らわせ、ドアの背後にいた男たちをはじき飛ばした。同時に彼女の方へ駆け出す。

エリーザを金庫室へ押しこめ、自分は外に残ったままサルバトーレは扉を閉めようとした。エリーザが拒絶の悲鳴をあげ、彼の腕に取りすがった。

銃声が響き、金庫室の横の壁がはじけて漆喰《しっくい》と木片が飛び散った。

サルバトーレは再び悪態をつき、彼女を抱えて金庫室に飛びこんだ。重い扉を引いて閉め、すかさず錠前のハンドルをまわす。閂《かんぬき》のかかる音がさらなる銃声に重なる。だが、どの銃弾も厚さ三十センチの鋼鉄の扉を貫通することはなかった。

扉がすっかり閉まると、銃声もかき消えた。エリーザが非常灯のスイッチを押す。金庫室の完全な闇に弱々しい光が広がった。

サルバトーレは携帯電話を取り出し、毒づいた。「電波が届かない」

「分厚い扉だもの。でも誰かが銃声を聞きつけて、警察に通報してくれるわ」

「そうだな」サルバトーレは彼女に向き直り、非難に満ちた目で見た。「どうしてぼくの言葉に従《シ》わなかった?」

なんて高圧的な口ぶりだろう。「いくらあなたでも、撃たれたら無傷じゃすまないわ。殺されるかもしれなかったのよ」考えただけで、エリーザの歯はショックでがちがちと鳴った。「なぜ、すぐ金庫室に来なかったの?」喉がつまり、目頭が熱くなる。「撃たれていたかもしれないのに」

彼の表情は読み取れない。「きみは困るのか?」

どうしてそんなことをきくの?「え、ええ」エリーザの言葉は涙声になり、最後は嗚《お》咽《えつ》に変わった。

サルバトーレはかぶりを振り、優しい荒々しさで彼女を抱き寄せた。「ぼくは大丈夫だ。こういうときのために鍛えているんだから。違うか?」

「いつもこんなふうに、命を危険にさらしているの?」エリーザはしゃくりあげて尋ねた。

エリーザとてサルバトーレの仕事は知っている。しかし彼女の前では彼はつねに洗練された大会社の社長で、三人の男を数秒で倒しもするが危険にも身をさらすセキュリティのエキスパートではなかった。

「ぼくは経営者だ、愛する人《アモーレ》」

「でも、このために鍛えているんでしょう」非難と恐怖で声が震える。

サルバトーレは皮肉めいた笑みを浮かべた。「ぼくがボディガードをするのはまれだ」

エリーザは彼のジャケットの襟の折り返しをつかんだ。「どれくらいまれなの?」

「これが初めてだ」

「では、お父さまの親友のために命を危険にさらしているのね」なんてばかなことを。

「わたしの護衛はほかの人にやらせて。本職のボディガードに」依頼人のために命をかけ慣れている誰かに。わたしがかつて愛した男性以外の誰かに。

サルバトーレは彼女を強く抱きしめた。「きみはぼくが守る」

理由はきかなくてもわかった。「罪の意識を感じているからなのね」

「感じて当然だろう?」

エリーザは淡い期待の火に冷水を注がれた気がした。罪悪感などいだいてほしくはなかった。彼から感情的なものは何も欲しくない。だが銃で撃たれ、殺されそうになった動揺が、彼女のすべての防護壁を打ち砕いた。

彼の手がエリーザの背中を撫《な》で、体を引き寄せる。

エリーザは彼の下腹部の感触に憤慨した。「興奮している場合じゃないわ!」

「あんまり久しぶりでね。きみがそばに……」サルバトーレは肩をすくめた。「それに危険は人を興奮させるんだ。昔から知られている。気にしないでくれ。ぼくも男らしく自制する努力をするよ」

エリーザは顔を上げ、薄明かりの中で黒々と燃える目を見た。「あなたが自制するなんて、前代未聞だわ」緊張をときほぐそうと気軽な調子を装うつもりが、誘うようにハスキーな声になる。

サルバトーレの息遣いが荒くなり、顎がこわばった。「そのとおりだ。ぼくはきみにあらがえない、いとしい人《カーラ》」

エリーザは返事をしなかった。できなかったのだ。体が彼に応《こた》えている。昔のように。胸の頂が彼の感触にうずき、脚が自然に開いていく。

彼はうめいた。「そそのかさないでくれ」

「えっ?」なんのことか、エリーザは考えることもできなかった。欲望の炎が体を駆け抜け、切望が痛いほどふくらむ。

サルバトーレは何かつぶやき、情熱もあらわに唇で彼女の唇を覆った。

5

エリーザは彼を拒もうとしなかった。

過去を水に流したわけではない。現在の出来事があまりに強烈だったのだ。過去はあとで再び重みを持ってくるだろう。だがいまは違う。

彼女の唇が開いていく。サルバトーレはすかさずその中に舌をすべりこませた。

エリーザが体を反らす。

長い長いキスだった。腕を彼の首にまわし、エリーザは彼のキスに激しい喜びを感じた。

サルバトーレが彼女のヒップをつかみ、腿の付け根に指を這《は》わせる。

エリーザはうめいた。

ふいに彼女は抱き上げられ、金庫室の壁際まで運ばれた。冷たい金属の壁に腿の後ろが押しつけられる。裾《すそ》をたくし上げられ、腰の半分をむきだしにされたが、気にしなかった。

エリーザは彼のシャツのボタンを夢中ではずした。彼女のワンピースも脱がされ、二人の肌と肌が触れ合う。

「きみが欲しい、甘美な人《ドルチエッツア》」

エリーザは答えられなかった。情熱的な彼の唇に唇をふさがれて。だがエリーザも彼が欲しかった。

サルバトーレは彼女の首筋にキスをした。「ああ、なんて甘美なんだ……」

かつて二人が愛し合ったときに何度も聞いたその言葉は、エリーザの別の記憶を呼び覚ました。一瞬のうちに苦痛が感覚を麻痺《まひ》させ、情熱を殺し、欲望ではない暗い感情が身を震わせた。

エリーザは壁に頭をもたせかけ、彼に触れていた手の動きを止めた。「そんなに甘美なのに、わたしがほかの男性の子を身ごもったと思ったのね」

「いまそんなことを考えるんじゃない」

「考えずにいられないのよ」絶望が声ににじむ。

サルバトーレはうめいた。「いまは考えるな。あとで話そう」

「あとはないわ」

それきりサルバトーレは黙った。静寂が二人の間で悲鳴をあげる。彼はあとずさり、エリーザから離れた。「きみは間違っている。ぼくたちには過去があり、現在がある」一語一語、手を振り下ろして言葉を強調する。「それに未来も」

「もうあなたとつきあう気はないわ」彼だってそれに気づいていいはずだ。

「ぼくはきみを妻に欲しい」

一年前にその言葉を聞いたらどんなにうれしかっただろう。いまその言葉は、求婚ではなく屈辱の宣言に聞こえる。

「結婚だけがあなたの罪悪感をやわらげる方法なのね」エリーザはめまいがするほど強く首を横に振った。「お断りだわ」

「きみだってぼくとの結婚を望んでいたはずだ」

「違う――」

サルバトーレの手がエリーザの口を覆った。緊張と興奮で高ぶっているにもかかわらず、優しい触れ方だ。「嘘《うそ》を言うな。きみは結婚を望んでいた。でなければどうしてぼくに妊娠したことを話す？」

「父親になる男性は知る権利があるわ」

「そのほかに何を期待した？」彼の手がエリーザの首へとすべり下りる。「誠意ある対応を、結婚しようという言葉を、期待していたはずだ。そうでないはずがない。ぼくたちは恋人同士だった。家族はきわめて親しい。これ以上自然なことがあるか？」

かつて頭によぎった確信のすべてを繰り返され、エリーザの中に名状しがたい悲しみが走った。

「昔の話よ。いまは違うわ」

サルバトーレは息を吐き出し、身をかがめて彼女のワンピースを床から拾い上げた。

「さあ、着るんだ。着なければきっと二人とも後悔する」

エリーザは震える手でワンピースを受け取り、赤褐色の薄い生地を頭からかぶった。服を着たとたん、自分の無防備さを感じずにはいられなかった。

いとも簡単に脱がされたことが脳裏から離れない。

自分をひどく傷つけた男性をなぜこれほど欲しいと思うのだろう?

サルバトーレはジャケットを着た。シャツのボタンははずしたままだ。ネクタイは最初からしていない。

このような緊急事態に備え、金庫室には新鮮な空気が送られてくるが、エアコンは最低限しか入らない。むっとするほど暑くはないものの、涼しくもない。シャツの前を開けておく理由はある。けれどセクシーな男性の筋肉を見せられて、平然と振る舞うのはエリーザにとって簡単ではなかった。

エリーザは逃げるように金庫室の奥へ行った。命の危険と官能的な行為を目前にしたせいで脚はまだ震えている。

エリーザは金庫室の隅にある化粧室に入った。飛行機の化粧室ほどの広さで、折りたたみ式のドアで仕切られている。彼女はドアを押して閉め、寄りかかった。何度か深呼吸をしてから、小さなシンクにかがんで顔を冷水で洗う。

鏡はない。だが顔に髪が垂れ落ちているのはわかる。いまや斜めに傾いてしまったシニヨンから髪留めを引き抜き、乱れた髪を手で梳《す》いてみて、エリーザはあきらめた。鏡かブラシがないと髪を結い直すのは無理だ。

重いため息をつき、エリーザはドアを引き開けた。

サルバトーレがすぐ前に立っていた。

それとも待っていたのかしら?

エリーザは一歩わきにどいた。「使いたいなら、どうぞ」

「ぼくには十八歳のとき、恋人がいた」

「驚くほどのニュースじゃないわ。あなたには蜜《みつ》に蜂《はち》が群がるように女性が群がっていたでしょう」

サルバトーレはその皮肉なあざけりに反応しなかった。「名前はソフィア・ペンニーニ。美しくセクシーで、経験豊富だった。ぼくより四つ年上だ」

そのきりだし方はあまりに衝撃的だった。エリーザは彼の前で立ちすくみ、つきあっていたころより熱心に耳を傾けた。

サルバトーレの顎の筋肉に緊張が浮き出た。「彼女は二度目のデートでぼくを誘惑した」

エリーザは鼻で笑った。わたしたちのときは彼が一方的にわたしを誘惑したのに。

エリーザが疑っているのを知り、サルバトーレは肩をすくめた。「ぼくは少年期から青年期までを、男連中に囲まれて過ごした。受けた訓練は厳しく、女性の手練手管とは無縁の生活だった」

「それでもその分はあとで取り戻したでしょう」

「批評をはさまないで聞いてくれ。きみに伝えたいことがあるんだ」本当は話したくもない。自分の愚かさを暴露する話など。しかしエリーザは真実を知る権利がある。「ソフィアに出会ったとき、ぼくはセックスというものを知っているつもりでいた。だが実際は彼女に比べれば赤子同然だった。ソフィアは欲望でぼくの目をくらませた。いくら彼女を抱いても抱き足りなかった」

エリーザはいらだたしげに息を吐き、彼をにらんだ。「そんな話、わたしが聞きたいと思う?」

彼女は嫉妬《しっと》している。その事実はサルバトーレに小さな希望を与えた。「大事なことなんだ。ソフィアとの経験が、一年前のぼくのきみへの反応に大きくかかわってくるから」

唇を引き結び、エリーザはうなずいた。「続けて」

「つきあって六週間たったとき、彼女は妊娠をぼくに打ち明けた」

「あなたのことだからきっと信じたんでしょうね」

その皮肉を、サルバトーレは甘んじて受けとめた。「そうだ」

エリーザは一瞬口をぽかんと開け、すぐに閉じて憎悪の目で彼を見た。「彼女のお父さんは娘を売春婦呼ばわりしなかったのね」

「きみのお父さんもそんな言い方はしていない」エリーザにあんな話をするんじゃなかった、とサルバトーレは深く後悔した。ぼくは彼女を傷つけ、罪の上塗りをしてしまったのだ。

「なんでもいいわ。そのパニーニとかいう女性の話を続けてちょうだい」

「パニーニじゃない、ペンニーニだ」エリーザの皮肉めいた機知につい口元がほころぶ。

「彼女はサンドイッチのたぐいじゃないよ、いとしい人《カーラ》」

「あなたの元妻でもないわね。あなたは一度も結婚していないはずだもの」

屈辱がよみがえり、サルバトーレは顔をしかめた。「ああ、彼女とは結婚しなかった。しようとしたんだが」

「ソフィアは幸運な人ね」

急に居心地が悪くなり、サルバトーレは肩をすくめた。「彼女もそう思っていた。わが家は金持ちだ。ぼくは父のたったひとりの跡継ぎだ。あのころ、すでに跡継ぎとしての教育を受けてもいた」

「つまり、彼女はあなたをだました、と言いたいの?」エリーザは疑わしそうに口にした。

「その子もあなたの子供じゃなかったというわけ?」

「そうだ」

エリーザはいぶかしげに目を細くした。「確かなの？」

「ああ、確かだ。彼女と結婚したいと告げたとき、父は烈火のごとく怒り、おまえを勘当する、と脅した。ぼくはそれでもいいと言った」

「おなかに息子の子供がいるのに結婚を許さなかったの？　シチリア人らしくないわ」

「ぼくの子ではないと確信していたんだ」

「それなら血筋ね」

サルバトーレは無性にエリーザに触れたかった。もう一度キスをし、彼女の顔から不信と嫌悪を取り払いたい。だが彼女はそれを許さないだろう。

「父は正しかった」

エリーザは胸の下で腕を組んだ。「間違いないのね」

「父はソフィアを調べ、ぼくたちがつきあい出す一週間前に彼女がほかの男と関係を持っていたことを突きとめた。彼女より十歳年上の妻帯者だ」

「だからといって、あなたの子じゃないとは限らないわ」

「確かに。だが彼女の妊娠中に血液検査を行ったんだ」

「血液検査？」

「その結果は父が把握していた。赤ん坊の血液型は彼女ともぼくとも違っていた」

「それをお父さまがあなたに話したのね」

「父に逆らい、彼女と駆け落ちしようとしていた前夜のことだ」

「あなたがその話をしたとき、彼女はどんな反応をしたの？」

「泣き叫んだ。絶望してね。赤ん坊の本当の父親は妻と別れて彼女と結婚する気がなかった。ソフィアの家族は怒り、彼女と縁を切ると言った」

「ソフィアはさぞ怖かったでしょうね」

エリーザの声には同情の響きがある。エリーザがいかに心の優しい女性かをサルバトーレは思い出した。

「ああ」

「あなたはどうしたの？」

「ソフィアがどこかほかの場所で人生を始められるよう、お金を渡した」ただ見捨てることはできなかった。

「その後、彼女は？」彼が答えないので、エリーザはつめ寄った。「ねえ、わたしは知っているわ。あなたは彼女をほうり出した」

「ぼくはきみをほうり出せる人じゃない」それは彼が死ぬまで抱えていかなければならない恥ずべき事実だ。

エリーザの顔が青ざめる。ほの暗い明かりの下でもわかるほどだったが、彼女は引き下がらなかった。「わたしの話をしているんじゃないわ。ソフィアと、十八歳のあなたの話よ」

「赤ん坊を産んだ一年後、彼女は結婚した」

「幸福な結末ね。彼女にとっては」

「だがぼくにとっては違う」その経験がサルバトーレに不信を植えつけ、その不信が彼とエリーザをひどい目に遭わせたのだから。

「彼女を愛していた?」

「彼女が欲しかった」

「わたしが欲しかったのと同じように」

自分たち二人の関係とソフィアとの関係を彼女に比較されたくない。「同じじゃない」

「そうね。わたしのことは信用しなかったけれど、彼女は信用したんですもの」

「彼女のことがあったから、きみを信用できなかったんだ」いらだちのあまりサルバトーレは声を荒らげた。ただエリーザの苦痛をやわらげたいと願っているのに。

「それと父に言われたせいね。わたしがショーナに似ているって」

「ああ」やはりエリーザに言うべきではなかった、とサルバトーレは悔やんだ。

エリーザは動揺していた。一年前わたしは、ほかの女性の罪とサルバトーレの傷ついたプライドのせいで、高い犠牲を払ったのだ。

かつて理解できなかった多くのことが、これで合点がいった。あのころエリーザは釈然としない思いにさいなまれ、彼の不信を買うどんなことをしたのだろうと自分を疑った。わたしは知らない間に、二つの不利を背負っていたのだ。実の父がわたしをおとしめる話をサルバトーレにした。それは事実ではなく、とりあうのもばかばかしいが、黙って見過ごすわけにもいかない。父はわたしがショーナにそっくりだと言った。父にそう思わせることは何もしていないのに。

あまりに早く妊娠してしまったのも、サルバトーレの不信を招く原因だった。彼がソフィアとの関係で一度経験していたことだったから。

エリーザはサルバトーレにさっと視線を走らせた。目は合わせなかった。いまはどう対応していいかわからない。

「話してくれてありがとう」すべてを知ったことで、当面は感情的なものから気をそらせる。いまはもっと現実的なことに目を向けよう、とエリーザは思った。「今夜はここで夜を明かすはめになりそうね。腰を落ち着けたほうがよさそうだわ」

押し黙ったサルバトーレから離れ、エリーザは化粧室のある方へ戻った。化粧室の裏には小さな棚があり、非常用の食料がたくわえられている。

ほかの多くの宝石店と同じように、シニョール・ディ・アダモも不測の事態に備えていた。万一強盗に襲われた場合、自分やほかの従業員がここに避難することを想定して。鍵《かぎ》は時限錠なので、あの巨大な扉が翌朝の九時前に開くことはない。解除コードはシニョール・ディ・アダモでさえ知らない。しかも金庫は相当古く、取りつけたセキュリティ会社がまだ解除コードの記録を残しているかどうかも定かでない。たとえ残していても、ビルが火事にでもならない限り使用を許可しないだろう。

経営者にも解除コードを知らせないのは、経営者の安全を守るためだ。強盗が経営者の寝こみを襲い、金庫を開けろと脅す恐れもある。だが今回、強盗は解除コードを知る必要もない。サルバトーレとの口論が原因で、彼女は店に展示してある宝石をまだ金庫にしまっていなかったからだ。

「シニョール・ディ・アダモがお気の毒だわ。あの男たちは店の宝石を全部奪って逃げたでしょう。保険には入っているけれど、店をあきらめかねないほどの痛手だわ」エリーザと雇主が店の存続のために払ってきた犠牲を考えれば悲しすぎる。

「連中の狙《ねら》いは戴冠《たいかん》用宝玉だ。店に並ぶ質素な宝石じゃない。戴冠用宝玉が金庫室で厳重に保管されているとわかれば、ショウケースを空にするだけの時間を費やして逃亡を遅らせるかどうかは疑問だ」

「少なくとも宝玉は無事だわ。まだオークションはできる。シニョール・ディ・アダモが店を続けるチャンスはあるわね」

戴冠用宝玉は到着以来、金庫室の保管用引き出しから一度も出されていない。

「いまのところはな」

二人分の食料を見つけようと棚を探していたエリーザが顔を上げた。「なぜそんなことを？　警察が待ちかまえているはずの場所に、あの男たちが舞い戻ってくるはずはないでしょう？」

サルバトーレは手を伸ばし、エリーザの頬に触れた。彼は口の端にかすかな笑みを浮かべている。「きみはいろいろな面で世間知らずだ」

エリーザはその手から逃れた。とっさの動きだったが、サルバトーレは顔をしかめた。

「エリーザ、かわいい子《ピッコラ》、そこにいるのかい？」

狭い金庫室にシニョール・ディ・アダモの声が響き、エリーザは仰天した。一瞬何が起こっているのかわからなかった。

サルバトーレは違った。扉の方へ飛んでいき、厚い金属壁に埋めこまれた小さな黒い箱に話しかけた。「サルバトーレです。エリーザも一緒です」

「二人ともけがは？」シニョール・ディ・アダモの声は六十二歳という年齢より痛々しく聞こえた。

「ありません。金庫室は開けられますか？」

「設置したセキュリティ会社が二年前に廃業したんだ」

エリーザも初耳だった。もし知っていれば、解除コードの情報をほかの会社に移すよう雇主に進言しただろう。

サルバトーレは確認した。「時限錠を無効にする方法はないんですね？」

「そうなんだ。きみたちが無事だっただけでも神に感謝しよう」

サルバトーレは短く毒づいたが、通話ボタンは押していなかった。従ってシニョール・ディ・アダモには聞こえていない。

男たちが押し入り、二人が金庫室に閉じこめられるまでのいきさつをサルバトーレは話した。シニョール・ディ・アダモの悲嘆の声に続き、地元の警察官の冷静な声が聞こえた。警察官がインターコムを通じてサルバトーレから事情を聞く間、エリーザは不安のあまり下唇を噛《か》んでいた。

「店の宝石のことをきいて」エリーザはサルバトーレに頼んだ。

サルバトーレは通話ボタンを押した。「エリーザがシニョール・ディ・アダモと話したいそうです」

サルバトーレは後ろに下がり、自分で尋ねるようエリーザに場所を譲った。

エリーザはボタンを押し、インターコムに話しかけた。サルバトーレの予想が正しいことを願いながら。「シニョール・ディ・アダモ、強盗が入る前に、店の宝石を金庫室にしまえませんでした」

「そのようだね」声には当惑があるが、ひどく心を痛めている様子はない。

「それで、あの……何か盗まれたんでしょうか？」エリーザは自分の職務を怠った。そのせいで雇主に損害を与えたとなれば耐えられない。

「いや、かわいい子《ピッコラ》。連中の狙いは戴冠用宝玉だったようだ」

「サルバトーレの言うとおりだわ」

エリーザは反対側の壁に顔を向けたが、その目には何も入らなかった。頭の中は真っ白だ。

「店の宝石をご自宅に持ち帰らなければいけませんわね。それは危険だわ」彼女はサルバトーレを振り返った。彼はセキュリティのエキスパートで、強引に彼女の人生へ踏みこんできた。いまこそサルバトーレが役に立つ。「どうすればいいの？」

「代わってくれ」

エリーザはわきにどいた。サルバトーレが自分の部下を呼んで宝石を保管させるようにと指示するのを聞き、彼女は安心した。

雇主が店を出る前に、エリーザはもう一度手短に話をした。シニョール・ディ・アダモは翌朝金庫室の扉が開く時間までに必ず戻ってくると約束した。

エリーザは奥の棚まで戻り、先ほどより身を入れて食料を探した。もう宝石の心配はいらない。シニョール・ディ・アダモも彼女とサルバトーレの無事を確認できた。エリーザは落ち着いて夕食のことを考えられた。それにおなかもすいている。

チーズ、ミネラルウォーター、ツナの缶詰、クラッカーが見つかった。それに小ぶりの瓶詰がいくつか。中身はオリーブ、乾燥トマトのオイル漬け、にんじんの酢漬けだ。

食料を床に置き、棚にあるものを一箇所にまとめると、エリーザは棚板を一枚引き抜いた。テーブル代わりにするのだ。ありがたいことに、シニョール・ディ・アダモは皿やフォーク、スプーンなども用意してくれていた。

エリーザは二枚の皿にクラッカー、ツナ、チーズを並べ、瓶詰を間に置いた。それまで黙って見ていたサルバトーレもミネラルウォーターの栓を抜き、瓶のふたを手早く開けた。間に合わせのテーブルをはさみ、エリーザがおそるおそる床に腰を下ろす。それに対してサルバトーレは無頓着《むとんちゃく》に座りこんだ。「今夜予定していた夕食とはずいぶんな違いだな」

そういえば彼は夕食の予約をしていた。でもあのまま食事に行くことがいまの状況よりましかどうかはわからない。「ほかに選択肢はないわ」

サルバトーレは肩をすくめた。その拍子に胸の筋肉が波打ち、エリーザの気を散らした。そうね、確かにここは暑い。でもボタンをかけたからって死ぬわけじゃなし、留めてくれればいいのに。

「父の心臓の状態はどうなの？」チーズを薄切りにし、半分に切ったオリーブと一緒にクラッカーにのせながら、エリーザはきいた。

サルバトーレはため息をついた。「医師の忠告に従い、ストレスを避ければさほど深刻ではない」

娘の身を案じるようなストレスを。サルバトーレが何も言わなくてもエリーザにはわかった。

「何があったの？」

「二カ月前に軽い発作を起こし、結局救急外来で診察を受けたんだ。医師によると発作そのものは深刻ではないが、生活を改善しないとますます悪くなるらしい」

「それで父は？」

　再び肩をすくめたサルバトーレに、エリーザはボタンをかけてとどなりそうになった。

「フランチェスコは仕事を減らし、運動を増やして、体にいい食事をとっている」

「テレーゼがしっかり健康管理をしているのね」継母《ままはは》は父を深く愛している。

「ああ」

「なぜわたしに話してくれなかったのか、まだわからないわ」

「ぼくもだ」

　もし去年サルバトーレから逃げていなければ、少なくとも一度はシチリアを訪ねていただろうし、父の健康状態にも気づいただろう。エリーザは罪悪感をおぼえながらささやかな食事を終えた。

そのあと二人は床に腰を落ち着けたが、ひどい硬さですぐに体が痛くなった。エリーザは早々と靴を脱ぎ、膝に顎をのせたりして、何度も座る姿勢を変えた。

「これでは寝心地も悪いだろうな」

サルバトーレの言葉にエリーザの良心は痛んだ。

エリーザは言うべきかどうか迷った。奥の棚にエアーマットレスがある、と。問題はそれがひとつしかなく、当然二人で共有しなければならないことだ。それこそ唯一理にかなった選択だろうが、彼の間近で寝ることを心が拒否していた。硬い床でまどろむほうがまだましに思える。正気を保つにも断然そのほうがいいだろう。

それに、長い間使われずにいたマットレスがはたしてふくらむかしら。エリーザはそう思って自分を納得させようとしたが無駄だった。

しかめ面をしてエリーザは立ち上がった。「エアーマットレスがひとつあるわ」

サルバトーレの眉がいぶかしげに上がる。

「つまり、いま座るのに使えるということよ」

「あとで寝るのにもね」

彼は瞬時に理解した。もともと頭の切れる男性なのだ。「ええ」

「一緒に寝るしかないだろう」

何も反論はできない。エリーザはしかたなくうなずいた。「ええ」

サルバトーレの顔に満足げな表情がよぎる。エリーザはもう少しで、わたしは床に寝る、と言いそうになった。

「妙な気を起こさないで。もし何かしようとしたら、マットレスから押し出すわよ、いい?」

6

自分よりはるかに大きく強い男性に対してばかげた脅しなのは、エリーザもわかっている。しかしサルバトーレはあざ笑ったりはしなかった。

彼はほほ笑んでいる。

「わかった」

エリーザはマットレスを引っ張り出してきた。ポンプはなく、交代で息を吹きこんでふくらますしかない。同じ吹きこみ口を使い、唇と唇が触れ合わんばかりに相手と交代する。その親密さに彼女の体はこわばった。

マットレスがふくらむと、サルバトーレは毛布を出してきて上に広げた。

二人が座ってもへこまないし、空気の抜ける音もしない。「大丈夫そうだわ」喜んでいるのかがっかりしているのか自分でもわからない。「トランプでもあるとよかったわね」

「ぼくという道づれにもう飽きたのか？」

「違うわ。ただ……」声が尻すぼまりになる。

サルバトーレは鈍い人間ではない。エリーザの懸念には気づいている。

「時間をつぶすいい方法がある」

エリーザは体を硬直させ、彼をにらんだ。

「だめよ」

「〝動物・植物・鉱物当てゲーム〟のどこが悪い？」

からかわれた、とエリーザは思った。でもそんな単純なゲームを彼がするとは思えない。

彼女は口に出してそう言った。

「忘れているようだが、ぼくは禁欲的な学生生活を送ったんだ」

結局、二人はそのゲームをした。だがエリーザは疲れていた。ゆうべはほとんど寝ていないのだ。

エリーザの三回目のあくびで、サルバトーレは言った。

「もう寝たほうがいい」

横になりたくはないが、いつかは寝なければならないだろう。

「あなたは？　寝るの？」

「そうなるかな。さもなければ硬い床に座るしかない。あまりそそられないね。できれば眠りたい。ゆうべはほとんど寝ていないし」

「ごめんなさい」エリーザの悪夢のせいで彼は寝られなかったのだ。

「あやまる必要はない。この一年だってよく眠れなかったんだ」

いくら彼の罪悪感が大きくても、わたしの心に平安がもたらされるわけではない。エリーザはため息をつき、寝る支度をしに化粧室へ行った。

エリーザが化粧室を出ると、またサルバトーレが待っていた。今度はズボンだけの姿で、シャツは手に持っている。「これを着て寝るといい。そのワンピースより楽だろう」

確かにそのとおりだ。だがエリーザはたじろいだ。「これで大丈夫よ」

「意地を張るな」

「このワンピースだって悪くないわ」わたしのナイトドレスより長くてきついけど、なんとかなる。

「脚をくるまれて寝るのが嫌いだったろう」

睦《むつ》まじかったころの記憶も、エリーザのかたくなな心を少しも解きほぐさなかった。

「きょうくらいは平気よ」

サルバトーレが彼女の肩にシャツを着せかける。

「いらないわ」

それに取り合わず、サルバトーレは化粧室に入りかけた。

「エリーザ……」

「えっ?」

「きみの心を変えてみせる。それ以上の喜びは見いだせない」

「あなた、高慢な物言いをするって言われない？」

サルバトーレは答える代わりに、折りたたみ式のドアを静かに閉めた。

わたしの心を変えるですって？　それが彼にできるかどうかエリーザにもわからなかった。でもひょっとしたらやり遂げるかもしれない。彼女は急いでワンピースを脱ぎ、ブラジャーをはずしてシャツを着た。上から下まできっちりとボタンをかける。それでも襟が大きくて、鎖骨のくぼみは隠せない。

エリーザは横になろうとマットレスのところまで行った。片側にジャケットが敷いてある。ビニール製のマットレスだけでは寝心地が悪いとサルバトーレは考えたのだろう。反発心から反対側に寝てやろうと思ったが、それはやめることにした。しかもエリーザがマットレスから落ちないように、ジャケットは壁際に敷いてある。その配慮は実のところ、彼女をいらだたせるのではなく感動させた。

エリーザは彼のジャケットの上に寝そべった。彼のにおいに心も体も刺激されるが、気づかないふりをする。彼が化粧室から戻るのを待つ間、エリーザは薄い毛布を体にかけた。寒いからではなく、むきだしの脚を隠すためだ。

まもなくサルバトーレは戻ってきた。

「電気はつけっぱなしのほうがいいかい？」

金庫室は狭い。暗くても化粧室へ行くのには困らないだろう。それに消したほうがよく眠れる。

「いいえ」

サルバトーレがスイッチを押す。非常灯の鈍い明かりが消えた。

エリーザは恐れと期待のはざまで彼が来るのを待った。サルバトーレはマットレスに上がると、片手をエリーザのウエストにまわし、片手を枕《まくら》のように頭の下に差し入れて、いまでも恋人同士さながら彼女を抱いた。

エリーザは身をこわばらせ、その腕を押しのけようとした。「何をするの！」

サルバトーレの腕に力がこもる。「わかってくれ、いとしい人《カーラ》、マットレスは小さい。快適に眠れる体勢はこれしかないんだ」

「でも……」

「何もしないと約束する。そんなにぼくが信用できないのか？」

なぜその問いかけに心が揺さぶられるのか、エリーザにはわからなかった。何か言おうと彼女は口を開いた。

「しいっ……」優しい唇が彼女のこめかみにキスをした。「いいからおやすみ」

サルバトーレはその体勢につけこまなかった。やがてエリーザはリラックスし、安らぎを感じた。驚いたことに彼女は眠った。

目覚めたとき、あたりは真っ暗だった。

いまどこにいるのか、ゆっくりと記憶が戻ってくる。だが何かが欠けていた。サルバトーレのぬくもりが体に残っていた。まるで誰かの配慮のように毛布が体のまわりにたくしこまれている。だが彼はいない。

エリーザは耳を澄ました。けれど化粧室から物音は聞こえない。この暗闇《くらやみ》の中で化粧室を使っているのなら、折りたたみ式のドアのすき間から明かりがもれるはずだ。やがてどこからか彼の息づかいが聞こえてきた。

エリーザは起き上がった。毛布がウエストまでめくれ上がる。寝起きで頭がぼんやりしていた。「サルバトーレ?」

「なんだい、いとしい人《カーラ》?」

起き抜けのエリーザの声はかすれていた。だが彼の声はずっと起きていたように歯切れがいい。

「なぜ眠らないの?」

サルバトーレは自嘲《じちょう》ぎみに笑った。「不審に思われてもしかたがないな。だがぼくにもいくらかの誠意はある」

「わたしが不審に思っている、と?」

「必ずしもそうは言っていない。しかたがないと言っただけだ」

エリーザは目をこすった。塗りこめたような暗闇は少しも見通せない。「誠意があなたを眠らせないの?」頭がぼうっとしてきちんと働かない。

「ぼくはきみが欲しい」

「わかっているわ」彼は身をもってそれを示している。エリーザが半分眠っていても、彼の口調にこもる性的な欲望は感じ取れた。

「あと一分長く隣にいたら、きみを奪ってしまいそうだった」

声には苦痛がにじんでいた。サルバトーレはそのような体の欲求に負けることを嫌っているのだ。

「ソフィアのあとで、ぼくをこれほど性のとりこにした女性はいない」

「自制心を失う自分が許せないのね」サルバトーレは信じないかもしれないが、彼を性のとりこにしたからといって少しもうれしくはない。単なる性的欲求は愛や尊敬には太刀打ちできないのだから。

「ほかの人間から見て不可能な状況に直面しても、ぼくは自制心を保つ訓練をして育った」

「それを女性ごときに砕かれそうなのが怖いというわけね?」

「怖いわけじゃない。ぼくはきみに何もしていない。心配しなくても多少の自制心はある」

でも充分ではない。だからくじけないためにマットレスから出なければならなかった。エリーザは意地悪くそう指摘するのをやめた。彼を傷つけても喜びは得られないことにきのう気づいたからだ。

「ごめんなさい」

「ぼくと愛し合ってもいいくらい申し訳ないと思っているのかな?」

ばかばかしい質問にエリーザは笑った。「同情で性的な営みはできないわ」

エリーザの心も体の欲望と闘っていた。この男性はわたしと子供を見捨てたのだ。いまさらまた体をゆだねることはできない。

でもサルバトーレはまた戻ってきた。

ついこのあいだまでは深く考えもしなかったけれど、エリーザが流産したとき、サルバトーレは一緒にいた。彼女に会うためにアパートメントへ来ていたから。なぜ来たのかは知らなかった。長い間気にしたこともなかった。だがいま、初めてエリーザは不思議に思った。

「なぜ戻ってきたの?」

「ぼくの子供を妊娠したと言ったからだ」

「信じなかったくせに」

「それは重要ではないと気づいた」

「どういう意味？」

「きみはぼくの子だと信じていた。だからぼくたちが結婚すれば、赤ん坊はぼくの子になっただろう」

「ほかの男性の子を身ごもったかもしれない女と結婚するつもりだったの？」

「そうだ」

信じられないわ！「ソフィアのときはやめたじゃないの」

「ぼくは若かった。すぐにかっとなった。それに彼女はぼくに嘘《うそ》をついた」

「わたしも嘘をついていると思ったんでしょう？」実際、サルバトーレはそう言った。

「きみは現実になればいいと願ったことを口にしたんだ。ソフィアとは違う。きみはおなかの子がぼくの子だと信じていた」

その言葉に心を打たれる一方で、いまもって疑われていることにエリーザは傷ついた。

「本当にあなたの子なのよ」

サルバトーレはしばらく答えなかった。そしてついに返ってきたのは、エリーザが望む言葉ではなかった。

「ぼくはきみの期待に背いた」

「ええ」

「すまない」

「あやまられても何も変わらないわ」

「わかっている」

でも本当に何も変わらないの？

ソフィア・ペンニーニの一件を聞いてから、エリーザはなぜ自分が信用されなかったかを知った。一度そのような経験をすれば、恋人に妊娠を打ち明けられた男性は誰でも疑うだろう。しかもエリーザの父親から、娘は母親そっくりだと言われていたのだ。サルバトーレの不信が募るのも無理はない。

ええ、そうよ。わたしはなぜ彼があんな態度をとったのか理解できる。けれどそれでも、エリーザの気は晴れなかった。単純な真実にぶちあたるからだ。もし彼がわたしを愛していれば、なんのためらいもなく赤ん坊を自分の子にしたがっただろう。わたしを信じただろう。けっして背を向けなかっただろう。

つかの間、無邪気な純真さで、わたしはサルバトーレに愛されていると信じていた。彼はわたしを食事とワインに誘った。わたしを賛美した。そしてベッドに誘った。あっけないほど簡単だったろう。わたしはシチリアで休日を過ごす間に、すでに彼に恋をしていたのだから。ミラノで再会したとき、彼のあからさまな誘いを拒むことなどできなかった。

愚かにも、わたしはサルバトーレの情熱を愛と勘違いした。あげくのはてに妊娠し、そのときはそれに感謝しさえした。彼は自分の子だと信じず、わたしは流産した。いま二人の間にあるものはあまりに重く、消し去ることはできない。現に、まだ何も忘れ去られてはいない。

「どれくらいそこに座っているの?」

「わからない」

「なんならわたしが床に移るわ。あなたのジャケットまで使わせてもらっているんですもの」

「だめだ」

「あなたのためだけじゃないわ。わたしもそのほうが気が楽なの」

「だめだ」

「あなたの頑固さと男らしさは自分の満足感のためにあるのね」

「ぼくが男らしいだって?」その声にはユーモアがあった。先ほどまでの悲壮感、謝罪したときの思いつめた様子はすっかり消えている。

「いやだわ、サルバトーレ。あなたは誰がどう見ても男らしいわよ。シチリアであなたほど頭がよくて長身の人はいないし、経営者であなたほど見事な筋肉をつけた人もいないわ」そう、わたしはさっきまでそれを見せつけられていた。たくましい筋肉を思い出し、エリーザの呼吸が乱れた。「特殊部隊兵のように戦う訓練を受けたんですもの。男らしいという言葉がまさにぴったりよ。どんな女性でもうっとりするわ」

かすかに着衣のこすれる音がし、サルバトーレの動く気配がしたかと思うと、彼はもう間近にいた。マットレスの上で彼女の隣にいて、顔がすぐそばにある。彼の息がエリーザの肌にかかった。

「ぼくはそんなに男らしいか?」

認めるのは愚かだろうが、いま嘘をついてもしかたがない。「ええ」

「だがきみは、ぼくと一緒に寝るのを拒む」

「わたしが無理に追い払ったわけじゃないわ。わたしに手を出すのを恐れて、自分から離れたんでしょう」

「手を出してもいいというのか?」

「そんなことは言っていないわ。あなたはひとりで悩んだ末に、こんな真夜中、硬い床に座っているんじゃないの」

サルバトーレの唇が彼女の頬をかすめた。「本当は手を出してほしいんだろう」そのささやきが彼女の肌を愛撫《あいぶ》する。

暗闇をののしりながらも、エリーザの体がほてっていく。「違うわ」

「もう一度心から否定してみたまえ」

サルバトーレの唇が彼女をもてあそぶ。エリーザの自衛本能はとっさに働かず、やめてという声が出なかった。

「きみはぼくが欲しい、いとしい人《カーラ》。認めるんだ」

エリーザの唯一の防御は真実の中にあった。「もちろん、あなたが欲しいわ。生身の女であなたを欲しがらない人がいる？　でも体の求めるものが、必ずしも心にとって最高とは限らないのよ」

温かく力強いサルバトーレの手が彼女のウエストに巻きつく。「今度はそうなる。ぼくを信じるんだ、エリーザ。二度ときみを傷つけない」

本当に？　サルバトーレはわたしを愛していない。それだけでわたしは傷つくのに。できないわ。わたしはもう彼を愛していない。あんな仕打ちをされたあとでどうして愛せるの？　彼の言うまま、体の欲求を満たすことはできる。感情など抜きにして。でもわたしには無理だわ。ほかのどの男性とも無理だろうし、彼とは絶対に無理だ。なぜ？　それはわからない。

エリーザはサルバトーレのにおいを吸いこんだ。金庫室の暗闇で稲妻に打たれたように彼女の目がくらむ。わたしはまだ彼を愛している。あんなに手ひどく捨てられたのに、いつも彼を愛していた。

いいえ。エリーザの呼吸はおびえから浅くなった。わたしの心は一度死んだのよ。いまは苦痛という壁の下に安全に埋葬されている。わたしは彼を愛したくない。

サルバトーレの唇が彼女の唇の端に触れた。彼の舌がさっとエリーザを味わう。「頼む、甘美《ドルチエッツア》な人。きみを愛させてくれ」

その衝撃がエリーザの欲望と結びついた。思考は働きをやめ、あれほど自分に言い聞かせた言葉が吹き飛んで心が麻痺《まひ》する。

エリーザの顔がサルバトーレに向き直り、唇はやみくもに彼の唇を求めた。軽い触れ合い以上のものが欲しくて。

7

二人は激しく唇をむさぼり合った。

体と心の両方がしびれ、エリーザの中の女の部分が激しくサルバトーレを求める。

一年前、エリーザはこのすさまじい欲望に歓喜した。けれどいまは怖い。その興奮の果てにある痛みを知っているからだ。

でもその恐怖のさなかにも、欲望は抑えられなかった。

一度自分を裏切った恋人のキスに酔いしれながら、彼に向かってエリーザは奔放に身をすり寄せた。サルバトーレがうめき、夢中で彼女をまさぐる。エリーザも彼のむきだしの胸に体を押しつけ、たくましい筋肉に指を這《は》わせた。

サルバトーレが彼女の着ているシャツのボタンをはずした。あらわになった肌を彼の唇がなぞっていく。

エリーザは手を下にすべらせ、ズボンの上から彼の高まりに触れた。はちきれそうに張りつめている。エリーザは片手で慎重にホックをはずし、彼がじれるほどゆっくりとファスナーを下ろした。

「そうだ、触れてくれ、いとしい人《カーラ》」

エリーザはその懇願に取り合わず、ズボンと下着をゆっくりと引き下げた。敏感になった部分に指の背さえ触れないように注意しながら。

エリーザはそんなふうにサルバトーレをじらすのが好きだった。

「きみはぼくをおかしくさせる」

彼の大きな体が震えるのを感じ、エリーザも身を震わせた。胸の先端は硬くなり、彼の手の中ではじけんばかりにふくらんでいる。

エリーザの体はすでに準備ができていた。脚の間は充分に潤い、熱く張りつめている。

エリーザはサルバトーレの顔からこわばった筋肉へ、さらに腰へと手をすべらせた。激しく脈打つ高まりの上で指を止め、また彼をじらしたが、自ら課した苦行に耐えられなくなり、ついに指を動かした。

サルバトーレの喉を突き破り、荒々しい声がもれた。力強い両手が発作的にエリーザの胸をつかむ。

その固い胸の頂の片方に、サルバトーレはいきなり唇をつけた。エリーザは驚いて叫び声をあげた。

サルバトーレが胸の頂を激しく愛撫《あいぶ》する。エリーザが弓なりに体を反らした拍子に、腿の上のあたりを彼の固い先端がかすめた。薄いシルクのショーツなどないに等しい。

一年間の空白のあとでは、その接触はあまりに衝撃的だった。

サルバトーレは肩からシャツを脱がせ、エリーザを押し倒してショーツをはぎ取ると、マットレスから離れた。

「どこへ行くの？」エリーザが困惑して尋ねる。

「きみが見たい」かちっという音とともに、非常灯のやわらかい明かりが金庫室を満たした。

エリーザはまぶしくて目を閉じた。しばらくして目を開けたとき、サルバトーレはマットレスに戻り、彼女を見つめていた。

「最高に美しい《ベリッシマ》。きみほど美しい女性は見たことがない。まさに美の女神だ」

エリーザは彫刻のような彼の体に見とれ、唇をとがらせた。「さあ、わたしを奪うんでしょう？」

サルバトーレはどこかが痛むかのように顔をゆがませ、彼女に向かってきた。

彼がエリーザの中に入ったとき、からかいの言葉は消え、二人のあえぎ声だけが響いた。

だがサルバトーレの動きはいっこうに速くならない。エリーザはしびれを切らして急《せ》きたてたが、彼は拒んだ。

「続けたいんだ。永遠に」

永遠どころかあと五分も持ちこたえられそうにない。エリーザは彼にからませていた脚を離し、マットレスにかかとをつけて彼を深く迎え入れようと体を浮かせた。夢中で彼を求めて動き、はるかな喜びのかなたへ手を伸ばす。

その瞬間が来たとき、まるで頭と体の中で星が爆発したようだった。エリーザは喉が張り裂けそうなほど絶叫した。だがサルバトーレの叫び声はさらに大きかった。

耳鳴りがし、体は震え、筋肉は痛む。あまりの鮮烈さに、ほんのり明るい金庫室さえ闇《やみ》に思えた。エリーザはマットレスに崩れ落ちた。彼女の体を覆ったまま、サルバトーレも一緒にのぼりつめた。

彼がエリーザの理解できない言葉をつぶやく。

彼女は疲れきっていた。

「眠いわ……」

もしサルバトーレが返事をしても、エリーザには聞こえなかっただろう。

エリーザは目覚めた。ああ、きっとわたしはまだ眠っているのね。これは夢だわ。だってわたしが一糸まとわぬ姿で元恋人の腕に抱かれているなんてあり得ないもの。暗闇の中でさえ、彼のにおいや感触がわかる。忘れたくても忘れられないのだ。

「おはよう、いとしい人《カーラ》」

かすれた声がエリーザの耳元で鳴った。

体をこわばらせたエリーザの脳裏に、昨夜の出来事がよみがえった。そうだわ、わたしは彼に体を許してしまった。いいえ、ただ許しただけじゃない。最後には自分から彼を求めたのだ。

「朝だってどうしてわかるの？」金庫室が暗いところを見ると、エリーザが眠ったあとサルバトーレは再び明かりを消したらしい。

「ぼくの腕時計には夜光機能がついている」

「ああ」後悔が胸にしみるこのときに、なんて間の抜けた会話かしら。でも意味のある言葉が思いつかない。「いま何時なの？」

「八時十五分だ。ゆうべは遅く寝たからな」

では金庫室の扉が開いてシニョール・ディ・アダモに会うまで、あと一時間もないわ。もしいますぐ扉が開いたら、二人のしたことは隠せない。エリーザはパニック状態になり、飛び起きた。

「服を着なくちゃ」

サルバトーレが彼女のむきだしの腹部を撫《な》でた。すでにこわばっている彼の筋肉はさらに緊張した。

「落ち着いて。時間はたっぷりある」

二人の情事の残り香があたりに満ちている。「どうして落ち着けるの？　わたしがセキュリティコンサルタントと一夜をともにしたことを雇主に知られたいとでも思うの？」

「ぼくはきみの恋人だ。なぜいけない？」

なぜいけないのか、エリーザは言ってやりたかった。よくも恋人だなんて。そこで彼女の思考ははたと止まった。脚の間のねばつく湿りけのほうが気になったのだ。この感触。前にも一度経験したことがある。二人が初めて愛し合ったときだ。サルバトーレが避妊具をつけて愛し合った二度目以降の感触とは明らかに違う。

「何もつけなかったわね！」エリーザは金切り声をあげ、マットレスの上でよろよろと立ち上がった。

エリーザは明かりをつけようと非常灯のスイッチに向かった。マットレスを下りかけたところでよろけ、悲鳴をあげる。だが硬い床に頭から落ちる前に、サルバトーレの力強い二本の腕がエリーザを膝の上に引き戻した。

「よせ。けがをしたいのか」

「避妊のために何もしなかったわね！」

「ああ、しなかった」少しも悪びれた様子はない。

「どうして？」

「理由のひとつは、用意していなかったからだ。きみとひと晩じゅう金庫室に閉じこめられる心がまえはなかったからな」

「理由のひとつ？　ほかはなんなの？　欲望で自制心を失っていたから？　それで避妊なんて思いつきもしなかったの？」たぶん彼にとってはどうでもいいことなのだ。結局、前回妊娠するはめになったのは彼ではない。「あなたは最後、体を引こうともしなかったわ」

あのとき気づかなかったとは、わたしはなんてばかだったのかしら。

「そんなことは考えもしなかった」もし考えついても気は変わらなかったと言わんばかりの口調だ。「ぼくは自制心を失っていた。きみだってそうだろう？」

「言い訳にならないわ！」腹立たしい質問に答える代わりに、エリーザは叫んだ。

「言い訳するつもりはない」

ええ、していないわ。納得できる言い訳はひとつも。そう、確かに最初の無防備な営みで妊娠したのは彼じゃない。でも責任はあるはずよ。それなのになぜこの人は動じないの？

罪を重く考えるシチリア人なら、当然良心の呵責《かしやく》のようなものは感じていると思っていた。

エリーザは目を凝らし、彼の顔色をうかがおうとした。だがこの暗闇ではさっぱりわからない。「闇の中で会話はできないわ」

「いまこの会話を続けるのはどうかな」サルバトーレは腕を動かした。一瞬彼の手首に明かりが光る。完全な闇の中では不気味でさえあった。「あと三十分だぞ。身支度をして、雇主との再会に備えなくていいのか」

ああ、そうだったわ！　この会話も、この怒りもこの狼狽《ろうばい》も、すべてあとまわしにしなくてはいけないのだ。雇主が近くにいるのにサルバトーレとこんな姿でマットレスにいるなんて、考えただけで耐えられない。エリーザは再び立ち上がったが、強引に押しとどめられた。

「ぼくが明かりをつけてくる。でないと危ない」

「その騎士道精神をゆうべ見せてくれなかったのが残念だわ」

エリーザは頭の中ですばやく計算した。明かりがついた瞬間、彼女は蒼白《そうはく》になった。

「排卵日だわ」間違いない。また妊娠してしまった。エリーザは動けなかった。「前のときは排卵日じゃないのに妊娠したのよ。今回は確実だわ」

サルバトーレの顔が緊張した。「そんなに取り乱す必要はない。世界が終わったわけじゃないんだから」

確かに彼の世界は終わっていないだろう。エリーザは苦々しく考えた。前回も彼の世界は変わらなかった。変わったのはわたしのほうだけだ。胸が張り裂けるような思いを味わった。彼に裏切られたことで。流産したことで。

エリーザは無言で彼を見つめた。人生の悲劇が重苦しい波に乗って迫ってくるのを感じながら。

サルバトーレは小声で毒づき、彼女の横にかがみこんだ。「今度は大丈夫だ。ぼくを信じるんだ」

エリーザは彼に目を据えていた。だが見ていたのは彼ではなく、再び妊娠し、再び孤独を味わう自分の姿だった。彼女はかぶりを振った。「信じられないわ」

「信じるんだ」サルバトーレは彼女を立たせ、強くキスをした。「体をふいて、服を着てくるんだ。ぼくはここを片づける」

服を着る。そう、金庫室の扉が開く前に服を着なければ。そして外の世界に自分がどんな愚か者かを再び見せなくてはならないのだ。

化粧室に向かうエリーザを見て、サルバトーレは悪態をついた。彼女の体は老女のように曲がっている。また彼の子を身ごもることを恐れているのだ。彼女の目からはそれが読み取れた。なぜだ？　一年前のぼくの態度は間違いだったと認めたのに。もう二度と彼女を見捨てない。この思いにエリーザは気づかないのか？

彼女はぼくのものだ。面倒も見る。

サルバトーレは手早く服を着た。シャツからはエリーザのにおいがした。鼻をくすぐる香りに体が反応する。彼はその欲望を押し殺し、情事の跡を隠すようにジャケットをたたんだ。マットレスの空気も抜き、毛布と一緒に奥の棚へ戻す。

かちっという音が聞こえた。金庫室の鍵《かぎ》が開きはじめたのだ。ちょうどエリーザが化粧室から出てきた。顔はひどく青ざめている。サルバトーレは彼女を元気づけたかったが、シニョール・ディ・アダモの目をごまかせるとは思えなかった。

エリーザは鍵が完全に開くのを待ちながら、のろのろと靴を履き、立ち上がった。その間、サルバトーレとはいっさい目を合わせようとしなかった。

前日の夕方に約束したとおり、シニョール・ディ・アダモは扉の向こう側で待っていた。心配そうな表情を顔いっぱいに浮かべている。

彼は嬉々《きき》としてエリーザを抱きしめた。「無事でよかった。神に感謝しなければ」体を離し、エリーザをしげしげと見る。先ほどのサルバトーレと同じことに気づいたようだが、まったく別の意味に取り、首を横に振った。「これはひどい」

シニョール・ディ・アダモはサルバトーレを見た。

「ある程度の備えはしてあったと思うが」

サルバトーレはうなずいた。「ええ。あとでお話が。先に電話をかけさせてください」

老人は承知し、エリーザを自分のオフィスに連れていった。

シニョール・ディ・アダモがあれこれとエリーザの世話を焼く間、サルバトーレは自社に電話をかけ、二名の増員を命じた。次いでその日の午後に、彼とエリーザがシチリアへ飛ぶ手配をした。

「ぼくはシニョール・ディ・アダモと店のセキュリティのことで話があるから、きみは先にボディガードと一緒にホテルへ戻るように」サルバトーレの言葉に、エリーザは形ばかりの抵抗さえしなかった。

彼女はまだショックを引きずっているようだ。抵抗もしないことが何よりの証拠だ。避妊具なしで愛し合ったのがそれほどショックだったのか。店を出ていく彼女を、サルバトーレはしかめっ面で見送った。

エリーザはシャワーを浴び、タオルで体をふいた。

彼女は自分のアパートメントのバスルームにいた。狭いがいちばんくつろげる場所だ。宝石店を出てすぐ、エリーザは自分の家へ帰りたいとビターレ・セキュリティのボディガードに告げた。ボディガードたちはためらったが、彼女も譲らなかった。自宅へ行くまで車から降りないと言い張ったのだ。サルバトーレなら抱きかかえてでもホテルへ連れていくだろう。しかし彼は、ほかの男性が同じことをすれば怒って首にするに違いない。ボディガードたちにもそれはわかっていたらしい。最終的にはエリーザの希望どおりにしてくれた。

彼女には慣れ親しんだ場所が必要だった。

アパートメントに着いたらボディガードたちには引き取ってもらおうとエリーザは思ったが、今度は彼らが譲らなかった。彼らはいま廊下に立っている。エリーザの良心はとがめていた。だがこの狭い部屋に入ってもらう気にはなれない。

一応何か飲み物でもと言い、キッチンテーブルの椅子を勧めたが、ボディガードたちは辞退した。そして彼らが見張りの任務についてから、エリーザはシャワーを浴びはじめたのだ。早く体を洗いたかったし、自分が何も身につけていないときにこの狭い部屋に他人がいるのはいやだった。

ボディガードたちと仲よくする気はない。エリーザの思考はかろうじて冷静さを取り戻していた。あの二人はわたしにとって邪魔者なのだ。だから廊下に立たせておけばいい。

エリーザは服を着て、濡《ぬ》れた長い髪をポニーテールに結った。それから自分用にコーヒーをいれた。その間もずっと心はゆうべの出来事のまわりをぐるぐるとまわっていた。

サルバトーレと愛し合ってしまった。

避妊もせずに。

その事実が頭の中でネオンサインのようにまたたく。まぶしく。けばけばしく。無視できないほどに。

サルバトーレに憎しみをおぼえながら体を許してしまうとは、なんと愚かなのだろう。彼はわたしに欲望しか感じていないのに。あのとき、わたしは妊娠の可能性を一瞬たりとも考えなかった。避妊を頼むことさえ忘れていた。不注意もはなはだしい。愚かだった。

エリーザはコーヒーを何口か飲み、ふとカップを置いた。一年前の妊娠中に読んだ記事を思い出したのだ。彼女はキッチンテーブルの椅子から立ち上がり、コーヒーをシンクに捨てた。

カフェインが胎児に悪い影響を与えるという意見の医師がいるらしい。もし妊娠しているのなら、この子を失いたくはない。

エリーザはおなかに手を当てた。ここにサルバトーレの子が宿っているの？　新しい命が育っているの？

エリーザはまだとまどっていた。その可能性に動揺してもいる。なのに一年前の不本意な流産以来ずっと心を覆っていた霧は晴れ出していた。心の底に温かい小さな光がともりはじめた。

まだ恐れはある。怒りもある。痛みは魔法のように消えてはくれない。だが永遠に続くと思っていた人生観ははかなく消え去ろうとしている。

「考え事にふけっているようだな、かわいい人《カーラ・ミア》」

シンクの前にいたエリーザは振り返った。サルバトーレが三メートルも離れていないところに立っている。彼女はすばやくドアを見た。

「二人は帰した」

「どうやって入ったの？」

サルバトーレのダークブラウンの目はいかにも用心深そうだ。「ノックをしたが返事はなかった」

エリーザは彼が入ってきたのも気づかなかった。考え事に没頭していたのだ。「で？」

「鍵をこじ開けた。あのドアは少しも安全じゃない。実に気に入らないね。寝ている間に忍びこまれても、まったく気づかないぞ」

エリーザはかぶりを振った。

「本当だ」

「否定しているわけじゃないわ」この人がけんか好きだとなぜ気づかなかったのだろう？　たぶんこれまではけんかをしても、ベッドに入れば解決できたからに違いない。「心の整理をしていたのよ」

彼の口元がゆがんだ。「うまくいったか？」

「いいえ」どうすればうまく整理できるのかさえわからない。「なぜもう一度ノックしなかったの？　もっと大きく」

「心配だったんだ」

確かに、ひげをそったばかりの血の気のない顔にも、目尻の小さなしわにも、心配が見て取れる。

「わたしが何かばかなことをすると思ったの?」

「自殺するとは思っていない。だがまた消えてしまうかもしれないと思った」

「前のときはわたしを捜したのね」

「ああ。だが見つけられなかった」

それについて彼がどう思っているか考えるまでもない。悔しさやいまなお残る怒りがありありと顔や声に表れている。

「だから鍵をこじ開けてまで、わたしがまだここにいることを確かめようとしたのね。いったいどうやって逃げるというの? 窓から?」サルバトーレじゃあるまいし、そんな芸当ができるわけがない。

「きみは機知に富んでいる」

「なるほどね」おかしなことに、エリーザは自分の能力を褒められてうれしさを感じた。そんな表情を見られたくなくて、彼に背を向ける。「コーヒーでもどう?」

「ホテルで飲んできた。話がしたい」

サルバトーレがホテルに寄ってきたのはエリーザにもわかった。ひげがそられているだけでなく、髪が濡れている。彼もシャワーを浴びたのだ。それにスーツが新しい。きょうはネクタイも締めている。

なぜそんな細かい点について観察しているのか、エリーザは自分でもわからなかった。

きっと妊娠の件より、ありふれたことに目を向けるほうが楽だからだわ。

「何を話したいの？」

「来年の春、親になる可能性について」

8

エリーザは振り返った。

サルバトーレは笑っていなかった。からかっているのではない。本気だ。確かに親になる可能性は冗談ではすまないほど高い。

「今回は自分の子だと認めるんでしょうね？　それともこの一年、わたしに恋人がいたと勘ぐるの？」

「いなかったのはわかっている」

「どうしてわかるの？　部下にわたしを見張らせていたとでも？」

サルバトーレの頬がうっすらと染まる。エリーザは目を見開いた。

「そうなのね！」

「きみはぼくに会おうとしなかった。無事を確認したかったんだ。だから調べさせた」

「二十四時間見張っていないのなら、あなたを裏切っていないかどうかわからないでしょう？」

なぜわたしはこんなことを言っているの？　いまさらどうでもいいことなのに。

「わかる」サルバトーレは彼女の失言には触れなかった。

「あら、セキュリティ界の大物は超能力者でもあるというわけ？」

子供じみたいやみだ。サルバトーレの表情はそう言っていた。「こんな口論は意味がない」

「そうね。こんな口論を続けてもどこにも行き着かないわ」

「そんなことはない。一時間後にシチリアへ発《た》つ」

「なんの話？　シチリアへなど行かないわ」エリーザは手を腰に当て、彼をにらみつけた。

「仕事があるもの。シニョール・ディ・アダモはわたしを頼りにしているのよ」

「アダモ宝石店はオークションまで休業する」

それが何を意味するか。エリーザの心臓が苦痛で締めつけられる。

「だめよ。そんなことをしたら店がつぶれてしまうわ。シニョール・ディ・アダモはすべてを失ってしまう」

「そうはならない」

「言うわね」

「ああ、言《シ》うとも。これはきみの雇主と二人で決めたことだ。休業中に新しいセキュリティシステムの設置を完了し、建物自体も構造上と配線上の修理をする」

「財政的に無理よ」帳簿を見ているエリーザにはよくわかっていた。

「ぼくにまかせてもらうことにした」

サルバトーレがそこまでシニョール・ディ・アダモのプライドを動かせたなんて。エリーザは内心驚いた。彼はよほど慎重に対処したに違いない。わたしに対するより十倍は。

「戴冠《たいかん》用宝玉はどうするの？」

「極秘の場所に移されて、保管される」

「それに加えてあなたの会社はいまオークションに備えてセキュリティを強化しているのね」本音を言えば、エリーザはありがたかった。実のところ宝玉はもちろんのこと、有名招待客リストの保管についても不安だったから。彼女をいらだたせるのは、サルバトーレの強引なやり方だ。

「ああ」

「では、なぜわたしがシチリアに行かなくてはならないの？　宝玉が手を離れれば、わたしも危険から解放されるわけでしょう」

「強盗はどうやって宝玉がアダモ宝石店からなくなったことを知るんだ？」

なるほど、新聞に広告を出すわけにはいかない。エリーザは唇を噛《か》んで窓の外を見つめ、それからサルバトーレに向き直った。「うちの宝石店にあることを知ったのなら、なくなったことだってわかるんじゃないかしら？」

「残念ながら世の中はそれほど単純にできてはいないんだ、愛する人《アモーレ》」

親愛の情を示すその言葉に、エリーザの忍耐が切れた。「いままで甘美な人《ドルチェッツァ》だのかわいい人《カーラ・ミア》だのって呼ばれても我慢してきたわ。本当はいやだけれど……」彼女の心が自分を嘘《うそ》つきと叫ぶ。

「でも聞き流してきたわ。イタリアの男性にとっては単なる言葉の遊びにすぎないんですものね。わかっているわ。だけど愛する人《アモーレ》という呼び方だけはやめて。わたしたちの間に愛なんて存在しないんだから」

サルバトーレの気遣いを愛と勘違いするほどわたしは愚かではない。罪の意識と家族の友人への義務感、それに激しい欲望が、わたしに対する感情をふくらませているだけだ。それを忘れてはいけない。

サルバトーレの顔がこわばる。

「きみはもうぼくを愛していない。それは知っている」

「あなたもわたしを愛していないわ。だからふざけるのはやめましょう」

「ふざけているつもりはない」

「じゃあ親愛の言葉は使わないで。いい？」

「ぼくはきみに親愛の情を感じている」

「つまり罪悪感をね」

彼の顔がいっそうこわばった。「ゆうべのことが罪悪感から起こったと?」

「ゆうべは二人の男女が欲望に打ち勝てなかっただけよ。避妊を忘れるくらいに」

「ぼくは忘れたわけじゃない」

「ええ」エリーザはサルバトーレをにらみつけた。「ただ避妊する気がなかったのね」

「そうだ」

「なんですって?」いま聞いたはずの言葉を頭が受けつけない。まさか。あり得ないわ。

「ぼくは避妊しないほうを選んだ」

「用意していなかったと言ったじゃない」声がひどく震える。

「それは本当だ。だが別の方法できみと愛し合うこともできた」

「でも、しなかった」

「そうだ」

エリーザは先ほど座っていたキッチンの椅子に呆然《ぼうぜん》と腰を下ろした。脚がふらつき、体を支えていられない。「本物の男性は途中で退却はできないと言うつもり?」

サルバトーレの目にあざけりが浮かぶ。「そんな考えはない」

「じゃあどんな考えがあったの? わたしを妊娠させたかったとは言わせないわよ」

「だがそうなんだ」

エリーザは顔から血の気が引くのを感じた。ショックで心臓が止まりそうになり、呼吸が浅くなる。「わたしを妊娠させたいというの？」改めて尋ねる。

「ああ《シ》」

「なぜ？」

「理由はいろいろある」

「ひとつ挙げて」

「きみの健康」

「妊娠することが体にいいとでも？　ばかばかしいわ」

「きみが流産したあと、ぼくは医師と話をしたんだ。きみが〝マタニティブルー〟と呼ばれているものになるかもしれないと言われた」

　出産後に陥る軽い鬱《うつ》状態については、エリーザも聞いた覚えがある。だが彼女は子供を産んでいないのだ。エリーザは口に出してそう告げた。

「流産後もホルモンのバランスは崩れる。きみはまだ明らかに打ちひしがれていたし、体も普通の状態ではなかった。この一年ほかの男性からも遠ざかり、人づきあいもやめてしまった。引っ越してからは前のアパートメントの友人を一度も訪ねていない。シニョール・ディ・アダモが家族との食事に誘っても、いつも断っている」

「見張り役から聞いたのね！」エリーザは叫んだ。サルバトーレの勝手な批評に腹が立った。

「いや。きみの雇主からだ。彼は心配している。悲しみの原因はぼくたちの破局だと思っているが」

「そのとおりでしょう！　それにおなかの子を失ったせいよ。治療のために妊娠させる必要があると思われるほど、わたしは精神的に不安定じゃないわ」

「おそらくはね。だがぼくが会った心理カウンセラーはこうも言った。次の子供を持つことで、最初の流産の悲しみが癒《い》えるだろうと」

「わたしのことを医師やカウンセラーと話し合ったの？」

「なぜきみがぼくと会うのを頑として拒むのか、知りたかったんだ」

「あなたはわたしを傷つけたからよ。そしてわたしの人生にこれ以上かかわってほしくないからよ。はっきりそう言えばよかったわね！」

サルバトーレの顎の筋肉が引きつった。しかし彼は怒らなかった。「それだけじゃないはずだ」

「だから妊娠させれば治せると思ったの？　わたしのおかしいところを？」

「それに、ぼくの子を再び妊娠すれば、きみが結婚する気になるだろうと思った」

「あなたの子だったといまは認めるのね？」胸に渦巻くほかの感情を隠すために、エリーザは痛烈な質問を浴びせた。

「きみはそう言った。疑うべきではなかった」

だがあのとき、サルバトーレはわたしを愛していなかった。さらにソフィアが原因でいだくようになった女性に対する不信感があった。彼の疑いはその肥沃《ひよく》な土壌で芽吹いていったのだ。

「無理やり結婚させるなんてできないわ」

サルバトーレは肩をすくめた。それはエリーザの拒絶を納得したしぐさではなく、こう言っているも同然だった。〝まあいいさ。きみがどう言おうが、ぼくはサルバトーレ・ディ・ビターレだ。欲しいものを手に入れる方法は知っている〟

サルバトーレはエリーザの顔をよぎる感情の動きを見守った。彼と結婚できることに対する喜びはまったく見いだせない。

サルバトーレは腹が立った。確かにぼくは間違いを犯した。でももうすんだことではないか。エリーザは過去を忘れるべきだ。いつまでもこだわるのはばかげている。

「ぼくたちは強烈に惹《ひ》かれ合っている」

「あなたの女性への不信感。わたしのあなたへの不信感。激しい欲望。結婚して幸福に暮らせるとはとても思えないわ」

エリーザのいやみを聞き、サルバトーレは自分の誠意が薄れていくのを感じた。

「そうそう、あなたの罪悪感も忘れちゃいけないわね。そもそもそれが原因でわたしと結婚する気になったんですもの」

なぜエリーザがいつまでもそれにこだわるのか、サルバトーレにはわからなかった。もちろん罪悪感はおぼえている。ぼくは彼女を傷つけ、ぼくの怒りが子供の命を奪った。そのことはけっして忘れないだろう。この先自分を許せるかどうかもわからない。

「ぼくは何ひとつ忘れていない」

かつてエリーザが彼の愛を求めていたことも。いま、彼女は愛など求めていない。それはサルバトーレにとって幸いだった。彼女に愛を与えられる自信はない。ソフィアを愛していると思ったときも、ずたずたに引き裂かれたのは心ではなくプライドだったとあとで気づいた。

ぼくがエリーザに感じているものは圧倒的な欲望だ。これは愛なのか？

おそらく女性が求める愛ではないだろう。ロマンチックなものではない。ぼくがエリーザに感じているものはあまりに原始的だ。突きつめて考えれば愛とは違う。ぼくはエリーザに赤ん坊を返す義務がある。安全な結婚と家族を約束する義務がある。

「きみはぼくと結婚する」

「自分のことは自分で決めるわ」エリーザは驚くほどはかなげに見え、ひどくふてぶてしくも見えた。

「申し訳ないが、シチリアへ行く準備をしてもらえないか？　時間に遅れると、ぼくのパイロットが離陸滑走路を使えなくなるんだ」

エリーザはにらみつけた。

「あなたとシチリアへ行く必要はないわ」

「戴冠用宝玉を狙《ねら》っている連中がいるんだぞ」

「どこかほかの場所へ行くわ。あなたも、悪い人たちも見つけ出せないところへね」

それはまずい。サルバトーレはあわてた。「きみの居場所がわからなければ、お父さんは心配するだろう」

「では父にだけ言うわ」

「お父さんはきっとぼくにも教える」

エリーザは腿の横で拳《こぶし》を握った。「言わないでと頼めば教えないわ」確信はなかった。

「娘が危険にさらされているのにほうっておく父親はいない」

「それなら父にも言わないわ！」

「心配のあまり、また心臓発作を起こしてもいいのか？」

一時間後、サルバトーレの専用ジェット機の座席でエリーザはシートベルトにしばられていた。なんてずる賢い人かしら。改めて怒りがわき上がる。

シチリア行きをわたしに承諾させるためにどのボタンを押せばいいか、彼は正確に知っている。でもあやつられているとわかってても、やはりわたしは行かざるを得ない。父の心配はよくわかる。心臓をわずらっている父にさらなるショックを与えるのは耐えられない。

それに知りたいこともある。なぜ父はサルバトーレに、わたしがショーナそっくりだと言ったのか。家族の中で異端者の役割を演じるのはもう疲れた。それ以上の何かが欲しい。そのためにはまず父の信頼が必要だ。アンネマリーのようにいい娘だと思われたい。なんとかしてその気持ちをわかってほしい。

父が自分を愛していることを、エリーザは心の奥で知っていた。いまはその愛に気づくだけでなく、感じることが彼女には必要だった。

愛や家族についてつねにいだいてきた考えとなんという違いだろう。ショーリはエリーザを自立した人間に育てた。物質的にも精神的にもほかの人間を頼らないように。なぜなら他人を頼っても失望するだけだからだ。エリーザは幼いうちからその言葉の止しさを学んできた。

なのにいま、サルバトーレはエリーザの領域を侵し、彼を頼れと言う。彼を信頼しろと言う。だがどうしてそれができるだろう？　これまで愛する人たちの人生の中で、エリーザが占める役割は微々たるものだった。そしてサルバトーレの人生でも、彼女は単なる欲望の対象にすぎず、愛されてはいない。

サルバトーレは罪悪感からエリーザとの結婚を望んでいる。もしほかの理由からなら、彼女は喜んで彼とともに歩く人生に飛びこむだろう。過去にけっして得られなかった家族をつくるために。これまでどれほど父とテレーゼ、アンネマリーとの間にある絆《きずな》をうらやましく思ってきたことか。

エリーザがこの世でいちばん望んでいるものを餌《えさ》に誘惑するサルバトーレが憎い。だがたとえ彼の誘いに乗っても、家族の絆が本当に手に入るかどうかはわからない。なぜなら愛のない結婚では、父や母との関係以上のものは築けないからだ。


二人はシチリアの州都パレルモ郊外にあるディ・ビターレ家の屋敷へ向かっていた。行き先が父の家でないことに、エリーザはしばらく気づかなかった。

ディ・ビターレ家の壮麗な屋敷へと続く鉄の門を過ぎる。

「なぜ最初にここへ来たの?」

サルバトーレの横顔は険しかった。「きみはぼくと一緒にいるんだ」

「いやよ」

サルバトーレは広大な古い屋敷の前で車を止めた。まるでヨーロッパのガイドブックからそのまま抜け出したような邸宅だ。前世紀から富が受け継がれてきたことを物語る豪奢《ごうしゃ》な地中海の屋敷。

サルバトーレは車から降り、助手席側にまわってドアを開けた。彼の大きな体が陽光をさえぎる盾になったが、開けたドアからエアコンの冷気が外へ流れ出し、同時に熱風がエリーザに吹きつけた。

彼女はシートベルトをしたまま動かなかった。「中へは入らないわ」

サルバトーレがため息をつく。「ぼくはゆうべ、ほとんど寝ていないんだ、いとしい人《カーラ》」

エリーザは顔をしかめた。「誰が悪いの？」

「きみだ」

「わたしが誘惑したわけじゃないわ」エリーザは気色ばんだ。

「ほう？」サルバトーレが手で撫《な》でまわすように彼女に視線を這《は》わせる。「きみの存在自体がぼくを誘惑する。きみがそれを知らないはずはない」

「あなたの睡眠不足はわたしのせいじゃないわ」

「きみのせいだ。認めるんだな。ぼくは辛抱強くない。早く体を休めたいし、家でくつろぎたい。車のわきに立っていつまでも議論する気はない。家に入るんだ、エリーザ。どうしてもいやだと言うなら、抱きかかえて運ぶぞ」

横暴な言いぐさには少しも驚かないが、腹は立つ。「まるで暴君か、がき大将ね」

「現実的なだけだ。入るのか、入らないのか？」

もし本当に抱きかかえられたら、彼に触れられたわたしの体はどう反応するだろう？

エリーザは知りたくもなかった。彼女はすばやくシートベルトをはずした。

「あなたには五、六人弟や妹がいればよかったのよ。そうしたらいつもいばっていられたのに」

サルバトーレは短く笑った。「両親はもっとたくさん欲しかったようだが、その目標を果たす前に母が死んでしまった」

「お父さまは再婚なさらないのね」

「ああ」

エリーザは車から降りた。「きっとお母さまをとても愛していらしたんだわ」

「父はそう言っている」

エリーザはサルバトーレを見た。「信じないの、お父さまの言葉を?」

「信じないことはない」

「でも、愛というものが理解できないのね?」

サルバトーレは肩をすくめた。「本当にはね」

それはサルバトーレの父が自分の妻に感じていた気持ちを、サルバトーレ自身はエリーザに対して感じていないとはっきり言っているようなものだ。

「わたしも理解できなければよかった」エリーザは彼のあとをついていきながら、ひとりつぶやいた。

長い廊下で立ち止まり、サルバトーレが振り返った。「何か言ったか?」

「何も」

エリーザは古いぬくもりのあるディ・ビターレ家の雰囲気が大好きだった。サルバトーレはここを父や祖父と共有している。祖母はいない。サルバトーレが生まれる前に亡くなったのだ。彼は女性の影響をほとんど受けずに育ったんだわ、とエリーザはしみじみ思った。サルバトーレは母親を幼いころに亡くしている。父親は息子の心のすき間を埋めるために何もしなかったと聞く。叔母もいない。家族づきあいのある友人はエリーザの父だけだ。つまり、身近な女性はエリーザの継母《ままはは》、テレーゼしかいなかったことになる。

サルバトーレはエリーザより五歳上だ。テレーゼがエリーザの父と結婚したのは、サルバトーレの母が死んで間もなくのことだ。

「あなたは子供のころからテレーゼによく会っていた？」大階段を上りながら、エリーザはきいた。

「きみのお父さんとぼくの父は親友だ。ぼくが生まれる前から」

あながち的はずれの答えではないが、サルバトーレとテレーゼがどの程度の親しさなのかはわからない。「あなたとテレーゼは親しいの？」

サルバトーレはドアの前で足を止め、振り返った。「何がききたいんだ？」

「あなたは小さいころにお母さまを亡くしたんでしょう。だから……」

「きみの義理のお母さんがぼくの母親代わりだったのか、と？」

「ええ」

「ほかの母親を欲しいと思ったことはない」

「でも、あなたはとても幼かったわ」

「母親の死がどれほどつらいかを知るには充分な年齢だった。母の代わりとなる誰かを求めたことはない」

サルバトーレは再び誰かを失うのが怖かったに違いない。おそらくいまでも。

サルバトーレはドアを開けた。「ここがきみの部屋だ」

「なぜ父たちと一緒にいてはいけないの？」

「ここにいたほうが安全だ」

「そんなはずはないわ。あなたの会社は父の家のセキュリティも管理しているんでしょう。だったらあちらに泊まっても安全だわ」

「戴冠用宝玉を売り払うことに反対した過激な一派が、国宝を競売にかけるよう前皇太子をそそのかした女としてきみを捜しているかもしれない。家族を巻きこみたいのか？　妹や継母を？」

「でも、わたしが名乗りをあげる前に前皇太子は宝玉を売りに出すつもりだったのよ。アダモ宝石店がオークションの主催者に選ばれたのは、宝玉の売却が公表された何週間もあとだわ。わたしを狙うなんて筋違いよ」

「過激な者たちとは往々にしてそういうものだ。きみは家族を危険にさらしたいのか？」

エリーザは首を横に振った。

「きみの部屋だ」サルバトーレは一歩下がった。

「ありがとう」中に入るや、エリーザは女性らしい華やかな室内に目をみはった。

中央に大きな四柱式寝台があった。くすんだ藤《ふじ》色の天蓋《てんがい》に同色のカーテンがかかっている。ベッドカバーはばらの模様で、天蓋とカーテンによく調和していた。ドレッサーとベッドサイドテーブルは寝台と同じ暗色の木製で、アン女王朝様式の優美な形だ。

「豪華ね。とても女らしい部屋だわ」男性ばかりの屋敷だから期待していなかったのに。

「この部屋は母が亡くなってからほとんど変わっていない」

「お母さまのお部屋なの？」

サルバトーレはあきれたという目で彼女を見た。「まさか。シチリアの男が妻と寝室を別にすると思うか？」

ディ・ビターレ家にそんな男性はいない。もしエリーザがサルバトーレとの結婚を受け入れれば、二人は同じベッドで寝ることになるのだ。

「いいえ」

「母は女性客のためにここの装飾を考えた。家政婦もベッドカバーなどを取り替えるときはその伝統にならっている」

いつの間にかサルバトーレは室内に入り、彼女のすぐそばに立っていた。

エリーザは一歩あとずさった。「夕食前に少し横になりたいわ。疲れているの」

サルバトーレはいきなり手を伸ばし、彼女の頬に触れた。「逃げても無駄だぞ」

「そんな気はないわ。疲れているだけよ」

彼は手を離した。「きみがそう言うなら好きにしたまえ」


一時間後もまだ、エリーザは彼の指の感触を思い出していた。いっこうに眠れず何度も寝返りを打つ。

問題は、エリーザの体が彼のたくましい腕に抱かれて眠りたいと望んでいることだ。一年間の空白にもかかわらず、たったひと晩で彼を求める気持ちに火がついてしまった。

「眠っていないじゃないか」

エリーザは振り返った。避けられない深い感情が胸をよぎる。サルバトーレがベッドのわきに立っていた。指で梳《す》いた髪は乱れ、シャツは胸元が開き、瞳は見慣れた感情で暗くかげっている。

「ここで何をしているの?」

「きみは眠れないんだな」サルバトーレはベッドの上に片膝をついた。「なぜわかったのかはきかないでくれ。だがわかったんだ。きみがベッドでひとり寂しく寝返りを打っている、と。考えただけでたまらなくなる」

図星をさされ、エリーザは否定できなかった。上掛けの状態を見ればそれは明らかだ。

「寂しくなんかないわ」

サルバトーレは枕《まくら》にのった彼女の頭に手を置き、身をかがめた。「本当か？」

9

エリーザは答えられなかった。

サルバトーレの顔が近づいてきて、息がかかるほど近いところで止まる。「かわいい人《カーラ・ミア》、きみは寂しいはずだ。だが心配するな。寂しさを埋める方法はぼくが知っている」

エリーザはからからになった唇を舌で湿らせた。それを合図と受け取ったようにサルバトーレが彼女の唇をむさぼる。

サルバトーレの手が上掛けをめくり、エリーザのナイトドレスとショーツをはぎ取った。さらに自分の服を勢いよく脱ぎ捨てる。シャツのボタンがはじけ、ベッドわきに散らばった。数秒もしないうちに二人は一糸まとわぬ姿になり、エリーザは先ほど願ったとおり彼の腕の中にいた。

前回とは打って変わり、サルバトーレはゆっくり進めた。エリーザの体の隅々まで唇を這《は》わせ、感じやすい部分をからかうように愛撫《あいぶ》する。エリーザが身もだえしても、彼は体を重ねなかった。

「お願い、サルバトーレ、もう待てないわ」

彼はほほ笑んだが、ひとつになろうとしなかった。代わりに唇を徐々に下げていき、ついに彼女の腿の間をとらえた。

エリーザが叫び声をあげる。サルバトーレに次々と喜びの高みへいざなわれるものの、けっして頂上まではのぼらせてもらえない。彼女はどうにかなりそうだった。まもなく彼は唇を離し、二本の指がそれに取って代わった。

解放の悲鳴とともに、エリーザのまぶたの奥で星が爆発した。耐えられないほどの衝撃に体がわななく。生まれて初めての驚くような経験だ。

喜びの波は次々と押し寄せてきた。やがて体のすべての筋肉が収縮し、そして次の瞬間エリーザは虚脱状態になった。骨が溶けてしまったかのように全身をベッドに投げ出す。

そのときサルバトーレが覆いかぶさってきた。彼はエリーザの脚をそっと押し開き、間に身を置いた。彼が入ってくると、エリーザは喜びにうめいた。

サルバトーレが彼女の膝を立たせ、深く貫く。彼は一定のリズムでゆっくりと動いた。一度はぐったりしたエリーザの体が再び燃え上がる。

彼は時間をかけてエリーザと愛し合った。彼女は新たな波に襲われ、やがて二人はともに完璧《かんぺき》な時のかなたへと解き放たれた。

サルバトーレはエリーザの上で果てた。唇は彼女の左耳に触れている。

「いまぼくと別れると言ってみろ。ぼくと結婚しないと言ってみろ。二度とこんな気分は味わえない。ぼくだけがきみに与えられるものだ」

エリーザの頭が機能しはじめるにつれ、その言葉はゆっくりと耳に届いた。そして彼女は別の事実にも気づいた。「またこんなことを」

「ああ。ぼくたちは愛し合わずにはいられない」

「避妊《シ》せずに、という意味よ」

「ああ」

「またわざとなの？」

サルバトーレはエリーザから下りてベッドに横たわり、彼女を抱き寄せた。「疑うのか？」

「何か欲しいときのあなたは手段を選ばないわ」

「確かに」サルバトーレは否定しなかった。

「あなたはわたしとの結婚を望んでいる」

「そのとおりだ」

「サルバトーレ、あの子が自分の子だったと信じているの？」

サルバトーレは長いこと黙っていた。返事を拒絶したのかとエリーザが思ったそのとき、彼の呼吸がおかしな具合に乱れた。エリーザは思わず起き上がり、彼の顔を見た。

サルバトーレの目は光り、顎は御影石《みかげいし》を刻んだようにこわばっている。「ああ。ぼくが殺した子はぼくの子供だ」

エリーザは絶句した。彼がそんなふうに考えていたなんて。「違うわ、サルバトーレ。あなたが殺したわけじゃない！　妊娠初期の三カ月間、流産の可能性はとても高いのよ。お医者さまは病院でおっしゃったわ。赤ん坊がだめだったのはわたしたちどちらの責任でもないと」

「ぼくが尋ねた医師は、ストレスが流産の原因になり得ると言った。ぼくのせいできみはストレスを受けた」涙がひと筋、彼のこめかみに落ちる。それを隠すようにサルバトーレは顔を背けた。

エリーザは彼の顔を手で包み、親指でそっとぬぐった。「お願い、信じて。流産はあなたのせいじゃないわ」

「ぼくのせいだ」

「違うわ！」

サルバトーレは認めなかった。「行動があって結果がある。ぼくはそう思って生きてきた」

どう説得すればいいのか、エリーザにはわからなかった。エリーザはただ彼を抱きしめた。「あなたのせいじゃないわ。流産は避けられない出来事で、わたしたちのどちらにも変えることはできなかったのよ」

エリーザ自身、そう信じなければ耐えられなかった。「多くの女性がわたし以上にストレスを受け、それでも月満ちるまでわが子をおなかの中で育てるのよ。わかるでしょう?」

「ぼくは父親になりたかった、エリーザ」

彼女にもいまはそれがわかる。サルバトーレは怒りのあまり、父親になることまで考えが及ばなかったのだ。エリーザがほかの男性の子供を身ごもり、その子を自分に押しつけようとしていると思いこんだせいで。

「サルバトーレ、ほかの男性なんていなかったわ。なぜ父が誤解しているのか知らないけど。あなたはわたしのただひとりの恋人なのよ」

沈黙が訪れた。エリーザは待った。多くのことがサルバトーレの反応にかかっている。

彼の愛は一生かかっても得られないかもしれない。でも敬意は払ってほしかった。でなければ絶対に結婚はできない。サルバトーレに人生を拘束されるとしても、彼と結婚しないことのほうがつらい。エリーザはいまそう気づいていた。でももしサルバトーレが彼女を信じないなら、二人に未来はない。たとえ妊娠判定薬が数週間後に何を告げても。

「きみはバージンだったのか?」

サルバトーレは問いかけてきた。疑うような口ぶりではなかった。

「ええ」

「きみは二十四歳だった」

「自分の年齢は覚えているわ」

「普通じゃない」

「わたしは子供時代、男女の営みを安いあめ玉のように考えている女性と暮らしていたわ。母はどの恋人とも絆《きずな》を結ぼうとしなかった。でもわたしは絆が欲しかったわ。家族の絆が。学校に上がってようやく、ショーナは家族なんて欲しくないんだと気づいたわ。娘でさえね。彼女の生き方がわたしを男女関係から遠ざけたの。大学に入っても、体に触れたがる男の子とは二度と会わなかった」

「大学に入るまでデートしなかったのか?」

「ショーナはわたしを女子だけの寄宿学校に入れたの。父も賛成したから。男の子と知り合う機会はなかったわ。もしあっても、避けて通っていたでしょうけど」

サルバトーレの手はエリーザの背中を撫《な》でていた。「どういう意味だ?」

「セックスはわたしにとって、望まれない子供だった苦しみと同じものだったのよ。あなたに会うまで、男性に情熱を感じることもなかったわ」

「ぼくは結婚するまで待つべきだった。情けない男だ」

エリーザは過去をくよくよ考えたくなかった。いま気がかりなのは現在、そして未来だ。

「信じてくれる?」

「ああ。きみのぎこちなさに少しでも気づけば、きみがバージンだとわかっただろう。手がかりは充分にあった」

「でも父が娘をおとしめるからには、それだけの根拠があると思ったのね」

サルバトーレの大きな体に緊張が走った。「お父さんと話してみる」

エリーザは起き上がり、彼と目を合わせた。「まずわたしに話をさせて」

反論したそうな彼の唇に、エリーザは指を当てた。

「だめよ。これはわたしと父の問題だわ。わたしに話をさせて、いい?」

サルバトーレはエリーザの指をつかみ、キスをした。「きみが望むなら」

意見を尊重してもらい、エリーザはうれしかった。サルバトーレは多くの面で古風な男性だけれど、太古の恐竜ではないんだわ。


三時間後胸の前で腕を組み、先ほどはものわかりがいいと思った男性を、エリーザはにらみつけた。自分の甘さを笑いたい気分だった。こんな頑固な男性をものわかりがいいと思ったなんて。

「でも今夜は父のところで夕食をとるのはいやよ」

エリーザはテラスに出て、くつろいで読書をしていた。そこへサルバトーレが来て、エリーザを動揺させたのだ。

「それ相応の服も着ていないのよ。やめて」キャンバス製の靴にくだけた服装。こんな格好で父の完璧な家庭に食事をしには行けない。

「着替えればいい。四十分とかからないだろう」

「行きたくないの」

「数時間前にはお父さんのところに泊まると言い張ったくせに。どうしてそんなにいやなんだ？」

もしサルバトーレがひどく困惑した顔をしていなければ、エリーザは彼を殴っていただろう。

「父と話し合う用意ができていないのよ」

「ぼくがついている、いとしい人《カーラ》」

「それで何か変わるの？」

サルバトーレは顔をしかめたが、エリーザは黙って背を向けた。おかげで、彼の顔に浮かんだ非難の表情を見ずにすんだ。だがいくら見なくても、気づかないではいられない。とりわけまだ肌に彼のにおいが残っているいまは。

「父はわたしを身持ちの悪い女だと思っているのよ」

エリーザは父にどうきりだせばいいか知恵をしぼっていた。そしてまだ決めかねていた。

そんな会話を父とするのはつらい。心の準備をする時間が欲しかった。父にこんな釈明をしなければならない娘がほかにいるだろうか？

「フランチェスコは誤解で動く人間じゃない」サルバトーレはエリーザの顔に張りついた長い髪を指で払った。「きっときみの言葉を何か勘違いして受け取ったんだろう」

「わたしが父に、誰かと軽々しくベッドをともにする女だと思わせるようなことを言ったと思うの？」

「わからない。だがぼくたちにはいずれわかる」

ぼ、ぼくたちという言葉に、エリーザは議論する気をなくした。実のところ、うれしかったのだ。彼が自分の味方だとわかって。


「なんということだ、エリーザ。いったい何を考えてそんな危険に首を突っこんだ？」父の表情は嵐《あらし》のようだ。あいさつがすみ、サルバトーレがこの二日間の話をするなり、フランチェスコは客間の椅子から飛び上がった。

「まさかこんなに危険だとは思わなかったのよ。宝玉は極秘に移送されて、アダモ宝石店にあることは誰も知らないはずだったわ」

「こういうことは必ず外にもれる」典型的なシチリア人男性で、どう見てもサルバトーレより十五センチは背が低くがっしりとした体つきのフランチェスコは、血気盛んな若者のように怖い顔をした。「おまえはアダモ宝石店のために、オークションを仕切らせてくれなどと交渉すべきではなかったのだ。もしおまえを守るようわたしがサルバトーレに頼まなければ、どうなっていたと思う?」

エリーザは返事を間違えた。「わからないわ」

父の顔が青ざめた。「おまえは死んでいただろう」

父の体が心配になったエリーザはサルバトーレの隣の席を立ち、父の腕に手を置いてなだめた。「落ち着いて、お父さん。わたしは無事だったんだから。お父さんがサルバトーレをよこしてくれたおかげよ」

「最初は歓迎されなかったけどね」サルバトーレがソファにもたれて軽口をたたく。

エリーザは彼をにらんだ。「やめて。いまそんな話はする必要はないわ」

驚いたことに、フランチェスコが笑った。

「頑固な人間を送りこんでよかった。なにしろおまえは母親そっくりだからな!」そしてサルバトーレにウィンクをする。

「前に話しただろう? この娘はショーナに似て自立心が強い。それ以外は母親に似なかったことを神に感謝しなければな」

サルバトーレの笑みが凍りついた。すべての疑問が解け、彼の尊大な態度が消えた。

フランチェスコは眉をひそめた。「すまない、エリーザ。おまえの母親を悪く言ってしまった」

混乱しながらも、エリーザはかぶりを振った。「気にしないで。わたしはショーナの信条がわからなくもないの。やっぱり彼女に育てられたのね」

フランチェスコは顔をゆがめ、エネルギーを使い果たしたように椅子に座りこんだ。「ああ。そしてそのせいで、わたしはずっと後悔して生きなければならない。もしわたしが違《シ》うやり方をとっていたら、おまえはアンネマリーと同じように平和な家庭で育っていただろう。だがわたしはそうしなかった。子供には母親が必要だと信じていたのに」息を吐き、腿に手を置いたまま首を横に振る。「ショーナはおまえの人生を不信感でいっぱいにしてしまった」

エリーザは父の後悔の念に衝撃を受けた。わたしの子供時代のことをこんなにも悔やんでいるなんて。

「ずっとテレーゼと一緒にこの家で暮らしても、なじめたかどうかわからないわ。夫の元恋人が産んだ子を育てるなんて、彼女だっていやでしょう」

きついことを言ってしまったとエリーザは唇を噛《か》んだ。でも意図的に言ったわけではない。率直な真情だった。

「いいや、それは違う。きっとおまえを家族の一員として歓迎できたと思うよ。わたしはもっと子供が欲しかったんだ。かなわなかったがね」

そのときテレーゼが静かに部屋に入ってきて、サルバトーレの椅子のわきに立った。いつもながら柔和な表情だ。

「アンネマリーはずっとお姉さんと一緒に暮らしたかったと思うわ。今回会えなかったと知ればがっかりするでしょう。あの子はお友達と旅行中で、まだ四、五日帰らないの」

明らかに誇張だ。エリーザは妹を愛していたが、二人はあまりにも違いすぎた。めったにない姉の訪問に居合わせなかったからといって、アンネマリーが気にするはずはない。

「わたしたち、それほど親しくないわ」

「状況が違えば、親しくなれた」フランチェスコが口をはさんだ。いまにも罪悪感に押しつぶされそうに見える。

もしエリーザが妹のように素直なら、父はもっと幸せだったろう。だがエリーザは二十五歳だ。いま悔やんでも、子供時代の家庭環境は変えられない。

「いまさら遅いわ」

フランチェスコはたじろぎ、エリーザは拳《こぶし》を握りしめた。

「投げやりな意味で言っているんじゃないのよ。過ぎたことをあれこれ思い悩んでもしかたがないわ」

テレーゼは夫の肩に手を置いた。

「エリーザの言うとおりよ、愛する人《アモーレ》。あなたは心臓発作を起こしてから、昔のことを考えすぎだわ。でも考えたってなんにもならない。過去は過去。わたしたちは現在を生きなくては。せっかくあなたの娘が訪ねてきてくれたのよ。昔を嘆いて時間を無駄にするより、一緒の時間を楽しむべきだわ」

フランチェスコの顔に、二十三年間連れ添った妻への愛があふれた。「そうだ《シ》な、美しい人《ベッラ・ミア》、きみはいつも正しい」

テレーゼはいまでも美しい頬をピンク色に染め、夫の肩をつかんだ。「まあ！　うまいことを言ってもデザートにカンノーロは食べさせませんからね。お医者さまの言うとおり、健康管理はわたしの仕事のようなものですもの」

優しいからかいは食事中も続いた。だがしばらくして、フランチェスコの顔から笑みが消えた。サルバトーレが、この家にエリーザを滞在させる気はないと言ったときだ。

「きみの父上はアメリカだし、お祖父《じい》さまはジェノーゼ未亡人とエーゲ海をクルーズ中だ。きみひとりの家に娘を泊めるのは問題があるんじゃないかね」

エリーザは吹き出しそうになった。アンネマリーだったら父が心配するのもわかるが、エリーザは何年も自立した生活を送っているのだ。しかしエリーザは何も言わなかった。これはサルバトーレの問題だ。もともとシチリアに来ることは彼の発案なのだから。

「だからこそ、ここではなくぼくの家に泊まるんです。オークションが終わるまで、エリーザは危険な状況にあります。一緒にいる人も危険にさらされるでしょう。ぼくがほかの人の安全に気を散らすことなく彼女ひとりに意識を集中できれば、より効果的に彼女を守れます」

その話を聞かされたときのエリーザと違い、父はほとんど動揺していないように見えた。険しく目を細め、男のプライドをかけて胸を張る。「自分の家族は自分で守れる。この家のセキュリティが最高レベルと太鼓判を押したのは、ほかならぬきみの会社だぞ」

「それでも、エリーザはぼくの家に泊めます」シニョール・ディ・アダモを巧妙に説得したサルバトーレは、フランチェスコに対しては懐柔する様子もなく真っ向から主張している。

テレーゼは首を振った。「困ったものね。二人とも頑固でプライドが高くて。まさか食後の余興が、言い合いだなんて」彼女はエリーザを見た。「いらっしゃい。わたしたちは庭に出ましょう。新しいピンク・バタフライ・オーキッドを見せるわ。去年あなたが来たあとに植えたの。ちょうどいまが満開よ」

サルバトーレがなぜ父をもっとうまく説得しないのか、エリーザにはわからなかった。でも自分の人生にかかわる問題を父とサルバトーレに決めさせるのはいやだ。

「蘭《らん》は見たいけれど、その前に……」エリーザは父に向き直った。「わたしはサルバトーレに賛成よ。お父さんとテレーゼを危険な目に遭わせたくないの。二人を危険にさらすくらいなら、ひとりでどこかへ行くわ」

フランチェスコは何か言いたげに口を開けたが、サルバトーレに機先を制された。

「そんなことはさせない」

エリーザは反論せずにただ眉を上げた。そしてテレーザと一緒に部屋を出た。

数分後、サルバトーレとフランチェスコは女性たちに合流した。父はひいきのスポーツチームが大事な試合に勝ったような顔をしている。

「美しい夜だ。花の香り、気持ちのいいそよ風、すばらしい仲間」

悠然とした主人《ホスト》に戻り、フランチェスコはみんなに笑みを向けた。

テレーザもほほ笑んだ。「意見の相違はまるくおさまったようね？」

「ああ《シ》」すがすがしい顔でフランチェスコが妻の耳に何かささやきかける。

聞き終わったテレーザはまた笑みを浮かべた。

「そろそろ失礼しよう、いとしい人《カーラ》」サルバトーレはあからさまにエリーザに腕をまわした。

驚いて身を硬くしたエリーザにかまわず、サルバトーレは彼女を引き寄せて、別れのあいさつをした。

フランチェスコは驚かなかった。テレーザは結婚式のプランを考えるイタリアの母の顔になっている。エリーザはサルバトーレに車へ押しこまれるまでの間に、ウエディングドレスとベールの寸法を採られた気さえしていた。

サルバトーレは厳しい尋問が始まるのを待っていた。彼とフランチェスコが庭で女性たちと合流してから、ずっとエリーザは不気味に押し黙っている。

男性二人の間でどんな会話が交わされたか、エリーザほど聡明《そうめい》な女性が気づかないはずはない。フランチェスコはこの状況を容認した。しかし娘が男性の屋敷に泊まるのをあっさり許したわけではない。サルバトーレがエリーザと結婚すると約束しても、フランチェスコは首を縦に振らなかった。

そこでサルバトーレは無理に説得するのをやめ、エリーザがいかに自立心の強い女性かを思い出させた。ひとりでどこかへ行くという彼女の脅しも無駄ではなかった。どちらの男性もそれは阻止したいことだったから。

〝わたしはテレーゼに求愛してから世界が変わって見えたものだ〟最終的にフランチェスコは言い、サルバトーレがエリーザを自宅に連れ帰ることを許した。

エリーザは美しい緑色の瞳を彼に向けた。「父をどう説得したの？」

「事実を話したんだ」

「どんな事実？」

「きみと結婚するつもりだ、と」

怒りの声はもれなかった。「それだけ？」

その声の穏やかさからは、エリーザが何を考えているか見当もつかない。

「正確には違う。だがきみが知る必要があるのはそれだけだ」

フランチェスコは娘をもてあそばないと約束してほしいと迫った。サルバトーレはきっぱりと約束した。エリーザとベッドをともにすることは、もてあそぶのとは違う。彼女に結婚を承諾させるため、二人が幸福になるために、どうしても必要なことなのだ。エリーザは認めないだろうが、彼女にはぼくが必要なのだ。ぼくがエリーザを必要としているように。

「そう」

エリーザはそれきり黙った。サルバトーレは沈黙に耐えて運転を続けたものの、五分で限界だった。「ぼくはきみと結婚するつもりだ」

「さっきも聞いたわ」

「ああ」サルバトーレはひそかに悪態をついた。

問題はエリーザの意思だ。サルバトーレは何がなんでも自分の思いどおりにするつもりだったが、やはり彼女の承諾が欲しい。彼なしの人生などあり得ない、とエリーザに認めさせたかった。いくら彼女がこの一年サルバトーレなしで生きてきたふりをしても。

「父はそれで納得したの？　独身男性と二人きりで夜を過ごしても娘の貞操は守れる、

と」

貞操の話になり、サルバトーレは思わずハンドルを強く握った。二人の未来の話は当分あとまわしだ。「すまない《ミ・ディスピアーチェ》」

「なぜあやまるの？」

からかうような口ぶりに、サルバトーレはごまかされなかった。エリーザは関節が白くなるほど強く膝をつかんでいる。

「ぼくはお父さんの言葉を誤解した。そのせいで、きみにも自分にも深い苦しみを与えた」

「わたしがショーナに似ていると父が言ったとき、わたしの貞操観念にまでは触れていなかったのに、あなたはそちらを思い浮かべてしまったのね？」

「ああ。まったく面目ない」

「なぜ？　あなたにそう信じさせるようなことをわたしはした？」

「いや」

「わからないわ」

サルバトーレは何が自分にそう信じさせたのか、認めたくなかった。だがエリーザは真実を知る権利がある。「ぼくはきみが欲しかった」

「ええ、それはよくわかっているわ」

「もしバージンだと思っていたら、きみを抱けなかった」

「結婚を考えていなかったからなのね」

「ああ《シ》」自分への怒りと嫌悪でサルバトーレは歯ぎしりした。

一年前サルバトーレは結婚を考えたことがあるが、エリーザとではない。彼は結婚に激しい感情を持ちこみたくなかった。いやでもソフィアにだまされた屈辱がよみがえるからだ。そしてエリーザは誰よりも彼から激しい感情を引き出した。情熱と所有欲を。

「だから自分に納得させたのね。わたしは熟したさくらんぼで、みんなが摘み取っていると」

その推論にサルバトーレはたじろいだが、すばやくうなずいた。

「ソフィアのせい？」

「ぼくの頑固なプライドのせいだ。わかってくれるか？」サルバトーレはこの手の話が嫌いだった。自分の感情を認めるだけでもいやなのに、それについて話すことは拷問に等しい。

「わかったわ」

再び沈黙が訪れた。

サルバトーレはエリーザがもっと追及してくると思っていた。女性はいつもその状況が起こったときの感情をとことん分析したがるものではないのか？

しかし、エリーザは無言だった。

車が屋敷に着いた。サルバトーレが助手席のドアを開け、エリーザが礼を言う。だが会話は再開されなかった。

サルバトーレは困惑した。まるで彼女にとって追及するほど大事な話ではないようだ。確かにぼくは自分の感情を論ずることが嫌いだ。それでも、何かはぐらかされたような気分だった。エリーザはもっと追及してしかるべきだ。ぼくに関心があるのなら。

エリーザはおそらく、ぼくと自分の間に再び距離を置こうとしているのだろう。ぼくを必要としなかった去年の自分に戻ろうとしているのだ。そうはさせない。

屋敷に入っても、サルバトーレはエリーザに自室へ戻るすきを与えなかった。

彼はエリーザを抱き上げて階段を上った。

腕を彼の首にまわし、エリーザは判読できない表情を浮かべた。「どこへ連れていく気？」

「ベッドだ」

「誰の？」

「ぼくの」

「わたしに発言権はある？」

サルバトーレの胸が緊張に締めつけられる。「ひとりで寝たいのか？」

サルバトーレは何時間にも思える間、答えを待った。実際は数秒だったろう。エリーザは小さく息を吐き、彼の首に自分の頭を押しつけた。

「いいえ」

10

サルバトーレは止めていた息を吐き、エリーザを寝室へ運んだ。彼の体を安堵《あんど》が駆け抜ける。

サルバトーレはあえて明かりをつけなかった。今回は余計な気を散らさずに、視覚以外の感覚で彼女を感じたかった。

けれどゆっくりと時間をかけてはできない。欲望があまりに大きすぎるからだ。エリーザの服をはぎ取り、やわらかな曲線をまさぐり、サルバトーレは降伏を促した。エリーザがうめき声とかぼそい悲鳴をあげ、彼を急《せ》きたてる。サルバトーレの情熱は自分でも驚くほどにふくれ上がった。

サルバトーレはエリーザの潤いを増した腿の付け根に触れた。「きみが欲しい、エリーザ」

エリーザは脚を開き、彼の指を熱い蜜《みつ》の中へといざなった。サルバトーレが彼女のもっとも感じやすい部分を愛撫《あいぶ》する。

エリーザは体をしならせ、あえいだ。彼の指の動きに応《こた》え、絶え間なく身をよじらせる。

「わたしも欲しいわ、あなたが」

「一生離れられないくらい?」

「からかわないで!」

サルバトーレは真剣だった。プロポーズを受けてもらえるのなら、公正だろうが卑怯《ひきょう》だろうがどんな手段も辞さない。だがしまいには、エリーザより自分のほうが欲望を抑えられなくなった。

サルバトーレは仰向けになり、彼女を上に導いた。「ぼくが欲しいのなら、奪ってくれ」

エリーザはためらわなかった。彼の上になり、高まりが自分の体におさまるまで、ゆっくりと身を沈めていく。

サルバトーレはうめき、彼女の腿をつかんで突き上げた。

エリーザが頭をのけぞらせ、長い髪が滝のように背中に流れ落ちる。ほの暗い室内で表情は見えないが、彼女は性的奔放さのただ中にいた。

「体の中で、あなたがとてもすてきに感じられるわ。もう別々の人間じゃないみたい」

自分自身の言葉がきちんと耳に届いているのか? サルバトーレは胸の中でエリーザに問いかけた。そのとおり、ぼくたちはひとつだ。彼女もそれに気づかなくてはならない。

そのとき、サルバトーレの頭からすべての思考が吹き飛んだ。体が震え、心まで麻痺《まひ》するような喜びへ、クライマックスへといざなわれる。

エリーザが大きく叫び、彼の胸に倒れこんだ。

どれくらいそうしていただろう。エリーザはようやく体を起こした。

サルバトーレがエリーザを引き寄せる。彼の力強い腕が温かく心地よくエリーザを包んだ。

サルバトーレの隣に寄り添い、エリーザは体が満ち足りているのを感じた。だがそれだけではない。心の安らぎも感じている。彼と再びこんな経験ができるとは思ってもいなかった。

「サルバトーレ?」

「うん?」

彼の手がエリーザの肋骨《ろっこつ》をなぞる。ようやく体の緊張はやわらいでいた。

「なぜシチリアで愛し合ってもいいと思ったの? 結局はわたしが承知したわけだけれど、わたしを誘惑すれば家族に顔向けできないんじゃない?」

サルバトーレの手が止まった。

「わたしが父の家に泊まらなかったから?」

意外なことに、サルバトーレは首を振った。

「わたしと結婚するつもりだと父に言ったから?」

「違う」

エリーザの疑念は消えなかった。なぜあの昔かたぎの父が、娘と婚約者を二人きりで泊めることを許したのだろう？「ではなぜ？」

「ぼくの心の中では、妊娠のことを聞いた夜から、きみはもうぼくの妻だからだ」

エリーザは倒れまいとするボクサーのように息を吸った。「冗談はやめて」

「儀式的な結婚はぼくにとって重要ではない」

エリーザは息がつまりそうな驚きをのみこんだ。「ならば、あなたは無責任な夫だわ」

半分は冗談のつもりだった。

サルバトーレは彼女を仰向けにさせ、上にのしかかった。

「どういう意味だ？」

「心の中で一年前から結婚しているのなら、あなたは不誠実な夫ということでしょう？」

軽い口調で言いたかったのに、出てきた言葉はとても真剣で、気楽さのわりに自分を傷つけた。

ほかの女性と、しかもきっと自分より洗練された女性と彼が愛し合ったと考えるだけで、エリーザの胸は鋭い痛みを感じた。

「なぜそう思う？」

「だって、あなたは禁欲的なタイプじゃないもの」彼が一年間も女性と関係を持たずに過ごしたなんて、とても考えられない。

「それでも、ぼくは禁欲を守った」

エリーザの息が喉元《シ》で凍りついた。彼女は首を横に振った。言葉が出ない。

「そう。ぼくはたったひとりの女性にしか欲望を感じなくなっていた。そして彼女は徹底してぼくを避けつづけた」

信じられない。あり得ないわ。サルバトーレが一年間ただの一度も女性とベッドをともにしなかったなんて。「本当なの？」

「けっしてきみに嘘《うそ》はつかない」

エリーザは薄暗がりに目を凝らし、彼の瞳に浮かぶものを読もうとした。暗闇《くらやみ》でさえ、そこに燃える誠実な光は隠せない。彼女はサルバトーレを信じた。

「もしわたしがほかの男性を見つけたら、どうするつもりだったの？」

「そんなはずはない。どんなに状況が厳しかったときも、きみはぼくのものだった」

「でも、もし見つけたら？」彼女は食い下がった。

「そんなことは起こらなかった」サルバトーレから伝わってくる激情が彼女の胸を熱くする。

エリーザは彼の頬に手を当てた。「ええ、起こらなかったわ。そんなことは望まなかった」

サルバトーレはうなずいた。「そうだろう? きみは深い怒りと失望の奥底で、ぼくたちは離れられないと知っていたんだ」

サルバトーレはわたしを愛していない。それは明らかなのに、彼の言葉はこっけいには聞こえなかった。

「それなら、この一年間のわたしの妻ぶりには、さぞかし失望したでしょうね」エリーザは無理に冗談めかして言った。

サルバトーレは笑わなかった。「きみが傷ついていたのは知っていた。なんとかしたかったが、どうすればいいかわからなかった」

「子供のことでわたしを信じ、同じように悲しんでくれれば、それが助けになるわ」事実を言っているというより問いかけのような口調になる。

サルバトーレは彼女の額にキスをした。悲しみがよみがえったにもかかわらず、そのキスの優しさにエリーザはほほ笑んだ。

「きみもぼくも悲しんだ。この悲しみがさらに二人の絆《きずな》を強くしてくれる」

エリーザは彼の言葉についてよく考えた。それから彼の今朝の言葉を。次の子供を持つことが、彼女の心の健康に役立つと医師は言ったという。「また避妊しなかったわ」

「暇がなくてね」

慎みもなく彼の上になったことをエリーザは思い出した。顔が赤らんでくる。「じゃあ、今回はわたしのせい？」

「お互いさまだよ。いつだって責任は二人にある」

サルバトーレはわたしに嘘をつかないと約束した。わたしも真実以外は口にするまい。

「そうね」

「ぼくと結婚すると言ってくれ」

「子供のことで罪悪感があるから？」彼が結婚を望む理由の大半は罪悪感だと思わずにいられない。

「きみなしの未来は考えられないからだ」

エリーザは彼を信じたかった。愛されていなくても、必要とされている、と。それに彼女にもサルバトーレが必要なのだ。この一年は半分死んでいるも同然だった。

「いいわ」

彼の胸の高鳴りがエリーザの手に伝わる。サルバトーレは手を伸ばして、ベッドわきの明かりをつけた。

思いがけないまぶしさに、エリーザがまばたきする。勝利の喜びに打ち震えた男性が目の前に浮かび上がった。

「もう一度言ってくれ」

「いいわ、あなたと結婚します」

エリーザは一瞬、本当にうれしそうに笑う彼の顔を見た。だがすぐに唇をふさがれ、これまで経験したことのない官能的な旅へといざなわれた。

エリーザにとって、次の数日はめまぐるしく過ぎていった。オークションのプランを練り終えなければならないうえ、十五分おきに継母《ままはは》からかかってくる電話に応対しなければならなかったのだ。エリーザは結婚式のことで再三考え直すように言われた。テレーザは二週間後に式を行うと聞き、普通は準備に六カ月あっても足りないのに、とこぼした。父は父で、娘に伝統的なシチリアの結婚式をさせたいと言い張った。だがエリーザとサルバトーレの意志は固かった。

サルバトーレがなぜ式を急ぐのかはわからない。けれどエリーザにははっきりとした理由があった。

金庫室で過ごしたあの夜おそらく身ごもった、とエリーザは思っていた。サルバトーレの頭の中で二人はすでに夫婦かもしれないが、エリーザはもしまた妊娠しているのなら、早く法的な結びつきが欲しかったのだ。

今度は何もかもうまくいくだろう。

だからオークションと結婚式の準備を同時に進めるはめになっても、エリーザは愚痴をこぼさなかった。

「ショーナはぼくたちの結婚の知らせをどう受けとめただろう？」

エリーザはオークションの招待客リストから顔を上げた。サルバトーレは仕事用に書斎を使わせてくれていた。ファックスやコンピューター、二回線ある電話に加え、オークションの準備に必要な道具は望めばなんでも与えられた。

エリーザしか目に入らないように振る舞う男性に、彼女はほほ笑みかけた。「母は結婚制度そのものに懐疑的だから」

サルバトーレはうなずいた。妻になることをエリーザが承諾して以来、彼の満足そうな表情は少しもかげることがない。ショーナの賛成がなくてもまったく気にならない様子だ。

「母は幸運を祈ってくれたわ。結婚はわたしが二十代を過ごす最良の方法ですって」母はさらに言った。女性は四十歳を過ぎるまで自分の真価に気づかない。あなたもその年齢になれば、自分の人生と結婚の意義について再評価できる、と。

エリーザは母の意見をサルバトーレに話すつもりはなかった。この結婚は一生涯続くものだ。もし彼の中に違う考えを感じたら、けっして結婚を承諾しなかっただろう。

「お母さんは結婚式に来られるのかい？」

「いいえ。仕事で時間が取れないの」妙なことだが、エリーザはショーナが欠席すると聞いても失望しなかった。

エリーザは最近ようやく認めるようになっていた。母親の愛情が示されないのはエリーザのせいではない。母親に感情面で欠けたものがあるだけなのだ。

サルバトーレはエリーザの肩に手を置いた。「大丈夫かい？」

「平気よ。ショーナは子供を持つべき女性じゃなかったの」

「きみを産むまでショーナがそれに気づかなくて、ぼくはただただ感謝するよ」

温かいものが胸にあふれてきて、エリーザはサルバトーレにもたれかかった。「オークションの招待客リストはほぼできたわ」

「ぼくにも一部くれないか。全出席者の背後関係を洗う必要がある」

「シニョール・ディ・アダモにそこまでのセキュリティ費用は払えないわ」

サルバトーレは彼女をにらんだ。「彼が払えるかどうかは問題じゃない。きみの安全がかかっているんだ。妥協するつもりはない」

「つまり、請求する気はないのね」

「きみはぼくのものだ。ぼくは自分のものを守る」

「あなたは本当に現代人かしら？　この話になるとまるで恐竜みたいに頑固で古くさいわ」

不可解なまなざしで、彼はエリーザを見た。「そうだ。悪いか？」

彼は本当にわたしを案じているのだと思い、エリーザは助け船を出した。「かまわないわ。もしあなたに踏みつぶされると思ったら、知らせるから」

「もちろんだ。きみは自分の意見が主張できない恥ずかしがり屋じゃないからな」

サルバトーレはいらだっている。エリーザは苦笑した。「それに、わたしは危険にさらされてもいないわ。最高の競売人を雇ったし、宝玉の展示にはあなたの部下が責任を持ってくれる。わたしの役目は裏方よ。何かあるとしても、人目を引くのはわたしではなくシニョール・ディ・アダモだわ」

サルバトーレはただじっと彼女を見つめ、固い決意を示した。

エリーザはやれやれという顔をした。「わかったわ。リストを渡します。こんなことでけんかしたくないもの」

サルバトーレはオークションのプランには何も口をはさまなかったが、エリーザの安全に関しては一歩も引かなかった。

「アダモ宝石店は再開の準備をしているの？」

「ああ。きみの雇主は新しいセキュリティにご満悦だよ」

「でしょうね」

エリーザがシニョール・ディ・アダモと電話で話したとき、話題はオークションのことに集中した。

オークションの主催者に与えられる手数料は大変な額なのだと、老人はとても興奮していた。

招待客リストのとある項目をチェックしたエリーザは、再び顔を上げた。「サルバトーレ?」

「うん?」

「ミラノはわたしの通勤に時間がかかりすぎるわ」

彼の顔が警戒の表情に変わる。「そうだな」

「シニョール・ディ・アダモはわたしを頼りにしているの。人手がなくて店を閉じたなんてことになったら、わたしは耐えられないわ」

どんな答えが返ってくるか、エリーザには見当もつかなかった。サルバトーレのオフィスをミラノから移すことはできない。彼女としても、出産後まで仕事を続けたいわけではなかった。まず母親になりたい。宝石鑑定士としての情熱は当分二の次だ。

だがどんなに頼られているかを知りながらその責任を放棄するのは、つらいことこの上ない。

サルバトーレは沈黙している。何かおかしい。エリーザは彼の顔を見つめた。いまや目にも警戒の色が表れている。そのうえ口元は険しい。まるで口論に備えているかのようだ。

「どうしたの?」

「どうもしない」

エリーザは眉をひそめ、彼の表情と口調から微妙な心理を読み取ろうとした。「意見はないの？」

サルバトーレの背筋がこわばり、顔は石のように硬直した。「新しいアシスタントをきみの雇主に紹介した」

「あなたが？」エリーザは驚いて彼を見つめた。「いつ？」

普段は自信と威厳に満ちた男性がきまり悪そうに肩をすくめる。「シチリアに着いた日に候補者を探しはじめた」

きっとわたしは怒るべきなのだろう、とエリーザは思った。でもこの男性を知り尽くしているから、彼のしたことにひどいショックは感じない。サルバトーレはなんとしてもわたしと結婚するつもりでいたし、雇主の信頼がわたしの重荷になることも知っていた。彼は自分の進みたい道をふさぐ障害物を可能な限り片づけたにすぎない。

「シニョール・ディ・アダモはそんなこと何も言わなかったわ」

「黙っていてくれるよう、ぼくが頼んだ」サルバトーレは告白した。

「そう」

エリーザは結婚式の準備に戻り、ケータリング業者への質問事項をメモした。さらに結婚式の計画をまとめたノートを引っ張り出し、ケータリングのページに似たような質問を書きこむ。

「ミラノに住んでアダモ宝石店に勤めることは無理だ」

「そうね」エリーザはメールソフトを開き〈受信〉をクリックした。

結婚式の花に関するテレーゼからの連絡のほかに、三件の返信が来ていた。

「不可能な状況だ。きみにもわかるだろう」

「そうね」エリーザは真剣に話を聞いていなかった。急にシチリアの伝統にのっとった、思いきり派手なウエディングドレスが着たくなったのだ。でも、短い時間しかないのに調達できるかしら？「きっとショーナならつてがあるわ」ひとり言をつぶやき、母親の取り巻き連のアドレスを画面に出した。

ショーナのマネージャーに電話してみよう。あの女性はニューヨークじゅうのファッションデザイナーと親しい仲だ。

「腹を立てられる理由はない」

「腹を立てる？」エリーザは受話器を手にしたところで時差に気づき、また置いた。あとで電話する旨のメモを急いで書きとめ、エリーザは作業に戻った。

「妊娠中の女性があんな危険な環境で働くべきではない。銃で狙《ねら》われたんだぞ」

サルバトーレの声の緊迫感にエリーザはようやくわれに返り、彼を見上げた。「なんですって？」

彼の目には決意がみなぎっている。「最善の方法だ」

「何が最善ですって？」わたしはいま、何を聞きそこなったの？

「きみの雇主が新しいアシスタントを雇ったことだ」

「それが最善じゃないとわたしが言ったの?」

「結婚後も仕事を続けるのは無理だ」

「わたしもそう思うわ」

エリーザがおとなしく従ったことで、サルバトーレは自分のしたことの正当性をもっと強調したくなった。「きみはきっとぼくの子を身ごもっている。もしまた発砲されたら、ひどいストレスを受ける」

「あなたは本当にわたしの妊娠とストレスを心配しているのね」

「ああ」

「あなたが新しいアシスタントを見つけてくれたことに、わたしが不満そうな顔をした?」

「いや。だがきみはとても自立心が強いから、ぼくが出過ぎたまねをしたと思ったはずだ」

「わたしがそんなことを言った?」

「いや」

「あなたが代わりの人を探したのは、何がなんでもわたしと結婚するつもりだったからでしょう?」

「そうだ」

「わたしが断りとおすとは思わなかった？」

「思わなかった。なんて尊大なやつだとは思うだろうが」

「まあ、確かにね。でも気にしていないわ」

「本当に？」

「ええ」

「きみはアシスタントの件でもショックを受けていない」

彼は尋ねたわけではないが、エリーザは返事をした。「ええ。あなたはわたしが気持ちよく退職できるようにしてくれた。感謝するわ」

「本当に？」サルバトーレは見るからに驚いている。

エリーザは声をあげて笑った。「わたしはそれほど自立心旺盛《おうせい》じゃないわ」

「失礼だけど、旺盛だよ」

また笑い声をあげ、エリーザは首を横に振った。「たぶん変わったのよ」

エリーザは家族の絆が欲しかった。それはある程度頼り合って生きていくことを意味する。何がなんでもサルバトーレから自立したままでいたいわけではない。エリーザには彼が必要だった。そのせいで両親といたときより傷つきやすくなったけれど。不安はあるものの、エリーザは彼が引き出してくれた感情を受け入れられるようになっていた。

「ぼくを頼ってくれるのかな?」

「ええ」

サルバトーレは身をかがめ、彼女に激しくゆっくりとキスをした。彼が身を起こしたとき、エリーザの感覚は麻痺していた。「いい変化だ」

キスで頭がぼうっとして、エリーザは返事もできなかった。

アンネマリーは結婚式の準備を手伝うため、旅行を早く切り上げて帰ってきた。その二日後、女性三人がダイニングルームでにぎやかに相談中のところへ、男性二人が入ってきた。

サルバトーレがエリーザに熱いキスをする。テレーゼはほほ笑み、アンネマリーは赤面した。

「オークションのセキュリティはすべて整ったよ」

「なぜエリーザが行かなきゃならんのだ。もう全部お膳《ぜん》立てはできているのに」フランチェスコが顔をしかめる。

エリーザはいらだちを抑えた。この親密な家族関係が欲しかったとはいえ、それにはいい面もわずらわしい面もあるのだ。「わたしはオークションの担当者よ。行かなければシニョール・ディ・アダモに迷惑をかけるわ」

「新しいアシスタントがいるんだろう」

「こんな大きなイベントだもの。新しい人はきっとまごつくわ」ショーナ・タイラーの娘であるエリーザにはその点、多少の心得がある。「そんなに心配しなくても大丈夫。サルバトーレが守ってくれるから」

フランチェスコは未来の義理の息子を見た。「なぜきみはこの娘に分別を言い聞かせられないのかね？」

「やってはみましたが」サルバトーレは無念そうに告白した。「徒労に終わりました」

「結婚したら、わたしが何から何までサルバトーレの命令に従うと思うの？」エリーザはみんなに尋ねたが、矛先は父に向けられていた。

「想像もできないわね」テレーザが笑みを浮かべて答える。

「お姉さんはとても強いし、自立しているから」アンネマリーはそれがいいのか悪いのかわからないという顔をしている。

エリーザはノートを閉じ、ペンをポケットに入れた。「女性の知性や分別が男性に劣るとは思っていないだけよ」

フランチェスコはテーブルをまわり、アンネマリーの肩に手を置いた。「おまえはシチリアの子猫で、エリーザはアメリカの雌虎《とら》だ。まるっきり違うが、どちらもそれぞれ固有の美しさを持っている。いずれにせよ、わたしの娘たちに勝る娘はいない」

アンネマリーはまた顔を赤らめ、エリーザも頬が熱くなるのを感じた。

「わたしは雌虎じゃないわ」

サルバトーレが意味ありげな視線を送り、ここ幾晩かの二人の熱い夜を思い出させた。

「本当かな、いとしい人《カーラ》?」

エリーザは父の前でそのメッセージに答えられず、恥ずかしがり屋の妹より自分を赤面させた婚約者をにらみつけた。

フランチェスコは二人のひそかなやりとりに気づき、腿をたたいて笑った。「エリーザはきみにぴったりだな、サルバトーレ? この娘の生意気さがきみの血を騒がせるんだろう、違うか?」フランチェスコは未来の義理の息子にウィンクをし、視線を妻に向けた。

「一年前、彼がうちの子猫と結婚したがったのを覚えているかい? 彼が相手ではアンネマリーなら一週間で途方に暮れてしまっただろう。しかしエリーザならぴったりだ」

フランチェスコは大笑いし、テレーザはほほ笑み、アンネマリーは頬を染め、エリーザは混乱した。

「彼がアンネマリーと結婚したがったの?」エリーザは妹を見た。会話の中心にされ、アンネマリーが困ったように肩をすくめる。

「考えたこともあった。それだけのことだ」サルバトーレの顔からは何ひとつ考えが読み取れない。

「ああ。去年おまえの滞在中に、彼がわたしにそう言ったんだ」

エリーザはますます混乱した。わたしの知らないところで父とサルバトーレがそんな話をしたなんて。

「わたしがここに滞在している間に？」思わず問い返したエリーザは、すぐその意味に気づいた。サルバトーレはふしだらな女と思っていたエリーザを誘惑しようとからかい、誰が見てもバージンの妹とは結婚を考えていたのだ。

「わたしはおまえたち二人を似合いだと思っていたから、サルバトーレがアンネマリーを選んだときは驚いた。だが何も言わなかったのは、若者の愛に老人が口をはさんではいけないと思ったからだ」

「愛なんてなかったわ」エリーザの心に苦しみが毒の花を咲かせようとしていた。

「もちろんだ。感情というものは時間をかけて育っていくものだからね。だがやはりわたしは正しかった。二人の惹《ひ》かれ合う力が実を結んだんだ」

そう、父が知る以上の実を結んだ。

流産した赤ん坊。二度ともとに戻れない関係。

エリーザはサルバトーレを見た。心に開いた空洞がどんどん広がっている。「去年の夏、アンネマリーと結婚したいと父に言ったの？」

サルバトーレ自身の口から確かめたかった。彼は本当にエリーザを誘惑する一方で、アンネマリーとの結婚を考えていたのか。

「ああ《シ》、だが何もなかった」

何もないと言いきれる彼の気持ちが、エリーザには理解できなかった。彼女にとってその事実はとても大きく、とても苦しいものなのに。

なぜサルバトーレはそこまで無神経になれるのだろう？　まるでさして重要なことではないように。その事実がどれほどすべてを醜悪にするか気づかないのかしら？　わたしを短期間だけの遊び相手と侮辱しているも同然なのに。もし子供ができなければ、彼はわたしと別れて妹と結婚していたに違いない。

エリーザは泣き出さないように、顎に力を入れなければならなかった。

サルバトーレはもう笑みを浮かべていなかった。「いま言ったとおり、何もなかったんだよ」

「そうとも《シ》。わたしは正しかったんだ」

アンネマリーがまだ困惑の表情を浮かべている横で、父は男のプライドをかけて自分の見る目の確かさを自慢した。この暴露話を、どちらの娘もけっして喜んでいないことには気づかずに。もしエリーザが自制心を保ちつづければ、父はこれからも気づかないだろう。こんな問題は絶対に家族の前で話し合いたくない。

「はいはい」テレーゼがため息をつく。だが顔はほほ笑んでいた。「声を大にして言う必要はないわ、フランチェスコ。あなたがどんなに正しいか、みんな言われなくてもわかっているもの」

エリーザはほかのみんなと一緒に無理やり笑みをつくった。サルバトーレに触れられても、ひるまずに踏みとどまった。椅子から立ち上がるときに手を借り、彼のエスコートで食前酒を飲みに中庭《パティオ》へ移ったときも。エリーザは夜が更けるまで、結婚間近の幸福な女性を演じきった。心は死んだように血を流しても。

11

エリーザは屋敷に戻るなり、サルバトーレから離れて階段に向かった。「今夜はひとりで寝るわ」

「なんだって《ケ・コーサ》？」

さっさと階段を上っていた足を止め、エリーザは振り向いた。「聞いたでしょう？　あなたと一緒に寝たくないのよ」

「なぜだ？」

ハンサムな顔に困惑の色が浮かぶ。それを見てエリーザはいっそう腹が立った。何か変だとどうして気づかないの？　それほど鈍感なの？

「わたしを性的な関係だけの相手、結婚する価値のない相手と思っている人とは寝たくないわ！」

サルバトーレは息をのんだ。

「自分のことをそんなふうに言うんじゃない！」

「あなたが思うのはよくて、わたしが言うのはだめなの？　寝ぼけないでよ、サルバトーレ」

彼はひどく面食らっていた。「ぼくはそんなふうに思っていない」

「いいえ、思ったわ。いまさら否定しないで」こみあげる涙で喉と目が焼けつく。でも部屋でひとりになるまでは絶対に泣くものか、とエリーザは自分に言い聞かせた。「わたしを誘惑するのに精を出す一方で、父にアンネマリーとの結婚を申しこんだ。なぜそんなまねを？」

「それは――」

エリーザは最後まで言わせなかった。

「わたしのことをちょっと遊んですぐにおさらばできる女だと思ったんでしょう。将来をともにする気はなかったからよ」

「そう自分に言い聞かせようとした、だが……」

「だが何よ！　そんなことを知ったあとで、よくわたしがあなたとベッドをともにすると思うわね？　見当違いの罪悪感で結婚を考えていただけのくせに。わたしが妊娠しなければ、あなたはいまごろアンネマリーと結婚していたんだわ」

サルバトーレの目に恐怖のようなものが浮かんだ。きっとエリーザが真実を知ったことで仰天しているのだろう。「まったくの誤解だ」

「嘘《うそ》の言い訳でわたしを侮辱しないで。あなたのような人とつきあったかもしれないけれど、わたしはばかじゃないわ」

わたしが事実から結論を導き出せない女だと思っているの？　エリーザはきびすを返し、階段を駆け上がった。

サルバトーレは彼女の名を呼び、イタリア語で毒づき、もっと冷静になれ、と叫んだ。エリーザはそのすべてに取り合わず、寝室のドアを力まかせに閉めた。鍵《かぎ》をかけるや、ドアを背に泣き崩れる。

すぐにドアがたたかれ、振動がエリーザの背中に響いた。

「エリーザ、入れてくれ」

「いやよ」

「落ち着いてくれ。ドアを開けて」

「開けないわ」

ノックが止まった。

「泣いているのか？」

「あなたに関係ないでしょう」喉が嗚咽《おえつ》でつまる。

エリーザの胸は張り裂けんばかりに痛んだ。利用され、裏切られたと感じていた。

そしておびえていた。

自分を侮辱した男性の子を身ごもっていると確信していたから。妹に求婚する一方で、自分を誘惑しようとした男性の子を。

「関係ある。お願いだ、いとしい人《カーラ》。ドアを開けてくれ」

彼の不慣れな懇願さえ、なんのきき目もなかった。エリーザはあまりにもひどく傷ついていた。

「あっちへ行って！」

「行けない」

「じゃあ、わたしが消えるわ」彼女はドアから離れ、ふらふらと部屋を横切った。

しゃくり上げるせいで体は震え、おなかが痛んだ。鼻から息はできず、視界は涙でかすんでいる。進路を誤ってエリーザはバスルームの側柱にぶつかり、よろめいてますます泣きじゃくった。

ようやくバスルームに着くと、またドアを閉めて鍵をかけた。二重のドアにはばまれてサルバトーレの声は弱まったが、完全には消えない。エリーザはシャワーの栓をひねった。その下に座りこみ、熱い湯を体に浴びて悲しみにむせび泣いた。

エリーザは流産したあとも泣かなかった。悲しみを分かち合う人はいなかったし、どういうわけか悲しみを表現することもできなかったのだ。けれどいまは涙が出てくる。サルバトーレによってもたらされた新しい裏切りの痛みに流産した痛みが加わり、彼女を悲しみの淵《ふち》へと押し流す。

サルバトーレは血も涙もない裏切り者。どうしてそれを忘れられるだろう?

あの人が欲しかったのはわたしではない。アンネマリー。恥ずかしがり屋の子猫。古風なシチリア人男性が求める完璧《かんぺき》な妻の要素を持つ女性。

内側から体の痛みが増してきて、エリーザはシャワーの下で赤ん坊のように体をまるめて横たわった。痛みをこらえようとしたが、体じゅうが引き裂かれるような気がした。

エリーザは悲しみを抑えられなかった。今夜のことも流産のこともごちゃまぜになり、一年間封じこめていた感情が悲しみの淵で彼女をおぼれさせようとするかのようだ。心の痛みに反応して体が痙攣《けいれん》を起こし、涙があふれ出てくる。

「なんてことだ《サント・チェロ》!」力強い手が肩をつかみ、エリーザを引っ張り上げた。「やめるんだ、エリーザ」

「あなたを憎むわ、サルバトーレ。あなたはわたしを傷つけたのよ」エリーザはさらに脈絡のない罵声《ばせい》を浴びせた。自分でも何を言っているかわからない。大半は父の暴露と関係のないことだった。

サルバトーレは答えず、彼女をシャワーの下から動かし、湯を止めた。エリーザはあらがおうとしたが、悲しみで体力が消耗し、ずぶ濡《ぬ》れの従順な子供のように彼に寄りかかるしかなかった。

　サルバトーレはエリーザの服を脱がせ、タオルでふく間じゅう、こんなことをした彼女をいさめていた。エリーザは相手にせず、黙って泣きつづけた。

　サルバトーレはその涙をぬぐった。涙はあとからあとから出てきて、また頬を濡らした。

「いとしい人《カーラ》、お願いだ、自分を痛めつけないでくれ」

　エリーザは首を横に振り、彼の存在を締め出そうとした。

　サルバトーレがバスタオルでエリーザの体を包み、閉めたトイレのふたに彼女を座らせた。「ぼくは何をすればいい？」

「何も。わたしは眠りたいの。ひとりで」濡れた目で彼をにらみつける。「あなたなしでね」

　サルバトーレはため息をつき、自分の濡れた服を脱いでタオルで髪をふいた。エリーザはそれを見て、彼もずいぶん濡れたのだと気づいた。

「こんなきみを置いていけない」

「わたしの気持ちなんてどうでもいいのね」

「違う」サルバトーレは怒りを抑えるように顎をこわばらせた。

「違わないわ。わたしはひとりになりたいのに、あなたは出ていかない。それでも違うというの？」エリーザはまた激しく泣きはじめた。

サルバトーレは急にバスルームを出ていった。エリーザが見やると、彼が通り抜けていったドアは壊れたドア枠にぶら下がっている。彼はドアを壊して中に入ったのだ。けれど少なくともいま彼は出ていった。これで心置きなく悲しみにひたれる。

立ち上がって寝室へ行こうとしたが、体が思うように動かない。エリーザはそのままトイレのふたに座り、泣きつづけた。

まもなく彼が戻ってきたときも、エリーザはまだ泣いていた。サルバトーレは彼女を抱き上げ、寝室へ運んだ。そして壊れやすい陶磁器の人形を扱うように優しくベッドに寝かせた。彼女に上掛けをかけたが、自分はベッドに入ろうとはしない。

サルバトーレがかたわらに座ると、彼女は身を縮めた。彼が顔をしかめる。

「きみを傷つけたりしない」

「いつも傷つけているわ」

サルバトーレの顔色が蒼白《そうはく》になる。「そんなつもりはない」

「つもりはなくても、そうなのよ」いまのことを言っているのか、一年前のことを言っているのかエリーザは自分でもわからなかった。でもそれはどうでもいい。苦しいのはいま、悲しいのはいまなのだ。

エリーザは顔を背けた。だがサルバトーレは彼女の体を起こし、ワイングラスを唇に押し当てた。

エリーザはあらがった。「これは何？」

「ただのワインだ。少し気を静めなければ」

「アルコールはおなかの子に悪いわ」

「ほんの少しのワインより、泣いて動揺するほうがよほど悪い」

そのとおりだ。とたんにエリーザは罪悪感に襲われた。

激しい感情の起伏がわが子を危険にさらすことになる。エリーザはおとなしくワインを口にし、気持ちを落ち着かせた。

彼女が泣きやんだので、サルバトーレは口元をふくようティッシュを渡し、また二人は黙りこんだ。上掛けの下にいるエリーザと、上にいるサルバトーレ。なのに二人を隔てる距離は何キロにも等しかった。

「ひとりで寝たいわ」

「きみが望むなら」サルバトーレはうなずき、出ていった。

本当にひとりで寝るのがわたしの望みなの？　エリーザの気持ちはあっちへこっちへと傾いていた。こんなシーソーは嫌いだ。

ベッドのかたわらに座っていたサルバトーレの面影を追い払おうと、エリーザは彼のいた方に背を向け、眠ろうとした。眠りの中で痛みから解放されるのを願いながら。

サルバトーレは階下《した》へ行き、書斎に入った。マホガニーの本棚の下にあるキャビネットから年代もののスコッチを取り出し、グラスにつぐ。ひと口飲んだが、何も味は感じない。酒の力を借りて寝室に戻り、エリーザの誤解をただす以上に自分が酔いたかった。

もう戻らない。戻れない。部屋を出てきたいちばんの理由は、エリーザがとてももろそうに見え、いまにも自制心の境目を越えてしまいそうだったからだ。妊娠判定薬はまだ試していないものの、エリーザ同様サルバトーレもいまでは妊娠を確信していた。流産の危険を冒してまで、誤解をとくためとはいえ、彼女と口論はできない。もう二度と。再びわが子を死なせたら、彼は一生自分を許せないだろう。

サルバトーレは身を引き裂かれる思いで、エリーザが一時的な仕事場にしていた書斎のアームチェアに身を沈めた。

ナイフで深手を負ったようなこの痛みに比べれば、ソフィアの裏切りで負った傷など蚊に刺されたようなものだった。

そのときサルバトーレはハンマーで心臓をたたかれたように、エリーザに対する自分の真の気持ちにはっと気づいた。愛している。

これほど必要とするということは、彼女を愛しているからにほかならない。エリーザに避けられていた一年間、サルバトーレは生きていなかった。ただ呼吸してそこに存在していただけだ。

そして愚か者のようにその感情を否定してきた。自分の罪悪感を救うためだと思いこむほうを選んで。それを愛だと認めれば、エリーザに弱みを握られてしまう。そうやって自分のプライドを守ってきたのだ。大切なただひとりの女性と幸福になるチャンスを壊すだけなのに。

エリーザは自分がアンネマリーより劣ると信じている。なんたることだ《ボルカ・ミゼーリア》！　おそらく彼女はぼくがいまでもそう思っていると信じこんでいるのだ。

フランチェスコとサルバトーレが交わした会話はごく短く、取るに足らないものだった。だからいつの間にか忘れてしまったのだ。エリーザがシチリアに到着した二日後のことだ。サルバトーレは彼女より一日早くフランチェスコ一家を訪ねていた。

エリーザに対するサルバトーレの反応はあまりに強烈で、思わずフランチェスコにアンネマリーとの結婚話を持ち出してしまったほどだった。そうでもしないと、エリーザのとりこになって自制心を失ってしまいそうだったからだ。フランチェスコは肩をすくめ、二つの家族が結びつくことに反対はしない、と言った。それでおしまいだった。

サルバトーレは一度もアンネマリーに言い寄る気にはならなかった。ただそれだけのことなのに、エリーザにこれほどの影響を及ぼすとは。まさかいまのような状況になろうとは。エリーザは裏切られたと思っている。そしてサルバトーレに彼女を責める権利はない。

彼の愚かさがこのような事態を招いたのだ。

エリーザを愛している。ようやく気づいたときに、彼女に憎まれているとは。

サルバトーレはスコッチをあおり、またボトルからグラスについだ。

エリーザはベッドで寝返りを打ち、彼女が追い払ったときのサルバトーレの面影と闘っていた。彼は打ちひしがれていたように見えた。

なぜ？

ああ、そうね、わたしが彼の子を身ごもっているからだわ。また知らない土地へ逃げられるのを恐れているのだ。そんなことをするなどと脅してはいないのに。それどころかわたしは結婚を取りやめたいとも言っていない。いくら傷ついても、婚約解消を口に出すことはできないのだ。

サルバトーレなしの人生は、去年の夏に彼から受けた侮辱よりつらくて恐ろしい。

去年の夏。その言葉が一時停止を促す警報灯のようにエリーザの頭の中で点滅する。わたしはまるで父が暴露した話をごく最近のこと、いま現在の話のように考えていた。でもそうではない。

サルバトーレはなぜわたしに偏見を持ったかを語った。父の言葉を妙なふうに誤解したからだ。サルバトーレは打ち明け、謝罪までした。そう、彼はわたしが欲しかった。そのためにわたしはバージンでないと信じる必要があった。でないとわたしを抱けなかった。

なぜなら結婚を考えていなかったから。

でもいまは考えている。サルバトーレによれば、去年わたしが妊娠を告げてから、彼は心の中でもう夫婦のつもりでいたらしい。ソフィアとの一件以来、彼は誰かに激しい感情を持つのが怖かったのだ。わたしが有名女優の望まれない婚外子として育ったために誰かを頼るのが怖かったように。

わたしはまだサルバトーレを頼るのが怖いの？

なぜわたしは父の暴露話にあれほど反応し、サルバトーレの行動と動機に最悪の想像をしたの？　なぜなら彼が不実な男性だと信じていたからだ。そう信じれば、期待を裏切られずにすむ。いままで何度も裏切られてきたように。

それに加え、流産のショックがまだ尾を引いていた。

だからわたしはサルバトーレを拒絶した。

彼は打ちひしがれた顔をしていた。

もしサルバトーレがわたしをなんとも思っていなければ、拒絶されて傷つくこともないだろう。つまり、わたしは彼にとって多少は重要な存在だということだ。罪悪感だけであれほど傷ついた顔はできないから。

二人の間の問題を棚上げしたまま眠ることはできない。エリーザは上掛けをめくり、ベッドを下りた。

サルバトーレを捜したが、彼は寝室にはいなかった。階下へ行き、書斎をのぞいてみると、彼は革張りのアームチェアに手足を投げ出して座っていた。シャツの前ははだけ、手は空のグラスを握りしめている。だが眠ってはいなかった。目を見開き、充血した目で彼女を見た。

「サルバトーレ？」

「何か欲しいのか、エリーザ？」

まじめな話はできない。サルバトーレは酔っている。エリーザが彼に深い影響力を持つというさらなる証拠だ。彼ほど強い男性がお酒で気をまぎらしているのだから。

「ベッドへ来てほしいの」

サルバトーレはまばたきをした。「ぼくに？」

「ええ」

サルバトーレは首を横に振った。「きみはひとりで寝たいと言った」

「気が変わったの」

「そんなはずはない。きみはぼくを憎んでいる。そう言った」ため息をつき、あとどれだけ残っているか確かめるように空のグラスを見つめる。「忘れもしない」

「憎んでいないわ。さっきは怒っていたけど、本気じゃないの」結婚をやめたいとは言えなかったくせに、充分に彼を傷つける言葉は吐けたなんて。

「本気じゃなかったのか」サルバトーレはグラスをテーブルに置いたが、あまりに端だったので床に落ちた。

運よくグラスは割れなかった。

サルバトーレがふらふらと立ち上がる。グラスと同じように床へ倒れそうだ。

サルバトーレはエリーザの前で止まり、彼女の肩をしっかりと抱きしめた。エリーザは腰に手をまわして彼を支えた。わたしのちっぽけな力でサルバトーレの大きな体を支えているなんて、と彼女は微笑した。

「本気じゃなかったのか」そう思いこんでいた時間がいかにもつらかったというように、サルバトーレは繰り返した。

「そうよ。でもわたしたちは話し合うべきね。朝になったら」

「どうして？」

「あなたが酔っているからよ」

サルバトーレは眉を寄せた。「ひどく酔っちゃいない」

「ええ、そうね。だけどやっぱり朝にしましょう」

「きみはぼくを憎んでいると言った」覚えたての言葉を反復する一年生みたいに繰り返す。

「本気じゃないのよ」エリーザは噛《か》んで含めるように言い聞かせた。「さあ、ベッドへ行きましょう」

サルバトーレは充血した目を輝かせた。

「ぼくのベッドへ行こう」

「ええ、二人のベッドへね」

エリーザの誘導に従う彼はまるで子羊さながら従順だった。彼女は驚いた。こんなサルバトーレは初めてだ。でもたまにはいい。いつも強く男らしい男性がおとなしくエリーザに服を脱がせてもらい、寝る前に歯を磨くようにとバスルームへ行かされた。

十分後、エリーザは彼の腕に包まれた。サルバトーレは軽くいびきをかいた。これも初めてのことだ。アルコールのせいに違いない。朝になったら話し合おう。彼に本当の気持ちを話してもらうのだ。


サルバトーレは目覚めた。鋲《びょう》を底に打った靴をはいた小人たちが頭の中でダンスをしているような気分だった。バスルームへ行かなくては。

そのとき、自分の腕の中におさまった小さな温かい体の感触に気づいた。エリーザだ。彼女は手をサルバトーレの胸に置き、片脚を彼の脚の間にぴったりとはさみこんでいる。

サルバトーレは自分の顔に触れてみた。無精ひげが伸びている。いったいどうやって仲直りしたんだろう？

なぜエリーザがぼくのベッドに？　ゆうべの記憶をたどってみると、酔ってわれを忘れている間に二階へ行き、彼女をここへ連れてきたとしか考えられない。本当にそうなのか？

いや、違う。おぼろげながら、エリーザに服を脱がせてもらった記憶がある。もし彼女が強引にここへ連れてこられたのなら、ぼくを寝かしつけたりはしないはずだ。そしてサルバトーレは思い出した。エリーザが書斎に来たのだ。二人は話をした。会話のすべては覚えていないが、断片的な記憶がよみがえってきた。

サルバトーレはベッドを抜け出した。エリーザを起こさないようそっと動いたのに、その静かな動きが頭に響く。彼はうめき、バスルームへ向かった。エリーザと話して胸の内を打ち明ける前に、シャワーを浴び、ひげをそり、何か飲んで、少しはまともな人間にならなくては。

エリーザは優しく胸を撫《な》でられる感触で目覚めた。目を開けると、サルバトーレが横に座っていた。シャワーを浴びたようで、ゆうべよりずいぶんさっぱりして見える。身につけているのはローブだけだ。

視線を落とすと、サルバトーレが指の背で彼女のやわらかい肌を撫でていた。上掛けは腰のまわりにあり、胸はあらわになっている。

不意に無防備な気持ちになり、エリーザは上掛けに手を伸ばした。

その手をサルバトーレが制する。「このままで、愛する人《アモーレ》。きみはとても美しい。隠すのは罪だ」

彼の言葉にはあまりに敬意がこもっていて、エリーザは異議を唱えられなかった。しかたなく彼の手首をつかみ、撫でるのだけはやめさせた。「話をしなくちゃ」

「ああ《シ》」

二人は互いの目を見つめた。

「きみはぼくを憎んでいないと言った。本当か？」

「ええ」

「ゆうべきみはひどく怒っていた。ぼくの浅はかさがきみを傷つけ、どれほど悔やんだかわからない」

「あなたはわたしの妹と結婚したかった」

「違う」

サルバトーレはきっぱりと言い、エリーザは信じた。

「ではなぜ？」

「ぼくはきみが怖かった。きみのそばにいると不安になったんだ」

エリーザは枕《まくら》の上で首を横に振った。「いいえ。誰であれ、あなたを怖がらせるなんてできないわ」

「いや、怖かった。きみはぼくの中に強い感情を駆りたてた。ぼくが望んでいない強い感情を」

「ソフィアのせいね？」

「きみへの最初の反応は、ソフィアへのどんな感情をもしのぐ。きみはぼくの自制心だけでなく、ぼくの心もおびやかした」

エリーザは息を止め、そしていっきに吐き出した。「まるでわたしの存在が大きいかのように聞こえるわ」

「きみがシチリアを発《た》つ前から、ぼくはきみを愛していた。だがぼくはそれを認めなかった。認める必要がなかった。きみはぼくの誘いを受けてくれ、仕事以外の時間のすべてをぼくにささげてくれた。幸せだった」

「そんなときに、わたしが妊娠を打ち明けたのね」

「ぼくは二人が育《はぐく》んでいたすべてをぶち壊した。恐怖、昔の傷、そして愚かな誤解のせいで」

「あなたはわたしに会いつづけようとしたわ」

「行かせたくなかったんだ。きみはぼくの半分だ。きみなしではぼくは死んだも同然だ」

その言葉の真摯《しんし》さにエリーザは身震いした。彼はわたしを愛していたと言ったのだ。

「いまでも愛している？」

「きみがわかっている以上に。言葉では言い尽くせないほどに」

「でも、アンネマリーは……」

「偽った心で考えたことだ」

「でもそんなの、わからないわ！」

「きみだけじゃない。ぼくもわからなかった。自分を偽り、きみに対する気持ちはただの欲望だと自分に言い聞かせた。そのせいで、大きな代償を支払った」

「流産した子ね」

「そしてきみだ。ぼくは大事な子供と女性を失った。自分の傲慢《ごうまん》さのせいで、誤った考えと行動のせいで」

エリーザはベッドの上に座り、彼を抱きしめた。だがサルバトーレはどこかよそよそしい。

エリーザは彼のたくましい胸にキスをし、肌のにおいとぬくもりを唇で味わった。「愛しているわ」

「なぜ愛せる？　こんな仕打ちをした男を？」その声は激情でかすれていた。「ゆうべ、きみはひどく泣いていた」うめくような声が彼女の胸を刺す。

「ゆうべは……」どう続けていいものかわからない。

「ゆうべは？」

「まるでダムが決壊したみたいだったわ。すべての悲しみが噴き出したの。心の底に押しこめていた流産の悲しみも」エリーザは彼を抱く腕に力をこめた。

「おなかの子を失ったあと、わたしは泣かなかったわ。一緒に泣いてくれる人もいなかった」

「ぼくが一緒に泣いただろうに」

エリーザにはそれが真実の言葉だと信じられた。彼の冷たい仕打ちにえぐられた傷が癒《いや》されていくのを感じる。

「あなたを許せなかったの。あのときは」エリーザは抱きしめてほしいと願い、彼の胸に顔を押しつけた。「ゆうべは悲しみが全部ごちゃまぜになってしまったのよ」

サルバトーレは大きな体を震わせ、たくましい腕で彼女をしっかりと抱きしめた。もうけっして離さないというように。

「ようやく一緒に悲しむことができてうれしい。だがぼくは、きみが二度とこんな悲しみを味わわないよう神に祈るよ。きみが悲しいとぼくの元気もなくなるからね」

エリーザは彼の下腹部が高まっているのを感じた。「充分元気じゃないかしら?」

「からかわないでくれ。まじめな話をしているんだから」

「たとえばどんな?」無邪気に尋ねる。

サルバトーレは体を離し、エリーザを見つめた。「たとえば、きみがぼくを愛しているかどうか」

「あなたを愛するのをやめるなんてできないわ、サルバトーレ」

「一度はやめようとした」

「わたしたち、順序がすべて逆だったわね」

「ああ、プロポーズの前にハネムーンを過ごしたみたいだ」

　エリーザはうなずいた。

「やり直そう。最初から」

　どういう意味かエリーザにはわからなかった。だがすぐに納得した。サルバトーレは翌週、ありとあらゆる方法で彼女に愛をささやき、プロポーズした。オークション当日でさえ、デートのように甘く優しくエリーザをエスコートした。警備のほうは、宝玉の競売に参加しようと飛行機で駆けつけた自分の父親にまかせて。

　問題は何も起こらなかった。エリーザはあとで知ったが、アダモ宝石店に押し入った男たちは過激な一派などではなく、宝玉が早期に移送されるという極秘情報を入手したただの宝石泥棒だったらしい。泥棒一味はサルバトーレの会社が仕掛けた包囲網にかかり、まもなくイタリアの刑務所での長期服役が確定しそうだ。

　サルバトーレはエリーザに花を買い、美しい宝石を買い、ぞっとするような愛の詩を書き送った。ぞっとするとは口が裂けても本人には言えなかったが。エリーザは結婚式が終わるまで彼とベッドをともにすることを拒んだ。サルバトーレにもう妻だと思っていると言われても、譲らなかった。

彼にもっとプロポーズの言葉を浴びせてもらいたかった。自分がもったいぶってイエスと言うまで。

二人の結婚式は、どんなシチリアの結婚式にも劣らない盛大で華やかなものだった。花嫁と花婿がようやく二人きりになれたのは、自家用ジェット機で本物のハネムーンに旅立ったときだ。

エリーザは彼の膝の上におさまった。豪華なウエディングドレスが二人のまわりにこぼれる。

「もうあなたはわたしのものよ」

「きみがぼくのものであるようにね」

エリーザは長年切望していたものをやっと手に入れた。サルバトーレは彼女を愛し、いつも一緒にいたがっている。彼女を必要とし、その感情がどれほど本物かをさまざまな方法で示していた。

「愛しているわ」エリーザはタキシードのシャツの襟元からのぞく彼の喉にキスをした。

サルバトーレが彼女を強く抱きしめ、唇を求める。エリーザはほほ笑み、喜びに頭がくらくらした。

「愛しているよ、愛する人《アモーレ》。いつも、そして永遠に。この気持ちに嘘はない」

「嘘だなんて思うものですか。あなたの吐く息に、すべてのまなざしに、指先に、愛を感じるわ。この愛はわたしたちをつなぐ生きた絆《きずな》よ」

「ああ《シ》」サルバトーレはエリーザのおなかに触れた。「まさに生きた絆だ」

エピローグ

一年後、エリーザはサルバトーレをトスカーナの丘に立つコテージへ案内した。

「きみはここに隠れていたわけだ。どうりで見つけられなかったはずだよ」

エリーザがほほ笑んでうなずく。「美しいところでしょう?」

小さな家だが、周囲の田園風景がすばらしい。

「ああ。ぼくの最愛の二人の女性にはかなわないけどね」サルバトーレは腕に抱いた小さな赤ん坊を賛美の目で見つめた。「この子はなんて美しいんだろう、甘美な人《ドルチェッツァ》。完璧《かんぺき》だ」

「親の欲目だわ」

サルバトーレは顔を上げ、エリーザをのぞきこんだ。「きみはそう思わないとでも?」

エリーザは答えるより先に笑った。わたしが夫と四カ月になる娘にどれほど夢中か、彼は知っている。

「ところで、ここは誰の家なんだい?」

「わたしのよ。父方の祖母が亡くなる前の年にわたしに譲ってくれたの。この世界で、ここは無条件にあなたのための場所だって」

サルバトーレはそばに来てエリーザに腕をまわし、小さな家族の完璧な輪をつくった。

「きみにとっていまそれに当たる場所はぼくだね?」

「ええ、そうよ。いまはあなたがその場所」

これからもずっと。愛はサルバトーレの心と人生の中に彼女のための場所をつくった。

誰にも取り上げることのできない場所を。

エリーザはもう、ひとりではなかった。

●本書は、2007年4月に小社より刊行された『憎しみは愛の横顔』を改題して
文庫化したものです。

愛をくれないイタリア富豪

2024年11月15日発行　第1刷

著　　者／ルーシー・モンロー
訳　　者／中村美穂（なかむら　みほ）
発 行 人／鈴木幸辰
発 行 所／株式会社ハーパーコリンズ・ジャパン
東京都千代田区大手町1-5-1
電話／04-2951-2000（注文）
0570-008091（読者サービス係）

印刷・製本／中央精版印刷株式会社

表紙写真／© Volodymyr Tverdokhlib | Dreamstime.com

ISBN978-4-596-71701-6

既刊作品

「愛したのは私？」

リン・グレアム　　田村たつ子　訳

黒髪で長身の富豪ホアキンに人違いから軟禁されたルシール。彼に蔑まれながらも男性的な魅力に抗えず、未来はないと知りつつ情熱の一夜を過ごしてしまう！

「わたしの中の他人」

アネット・ブロードリック　　島野めぐみ　訳

事故で記憶を失った彼女に、ラウールは、自分は夫で、君は元モデルだったと告げる。だが共に過ごすうち、彼女は以前の自分に全く共感できず違和感を覚えて…？

「未婚の母になっても」

リン・グレアム　　槙　由子　訳

病気の母の手術代を稼ぐため代理出産を引き受けたポリーだが、妊娠期間中に母を亡くす。傷心を癒してくれたのは謎の大富豪ラウル。しかし、彼こそが代理母の依頼主だった！

「汚れなき乙女の犠牲」

ジャクリーン・バード　　水月　遙　訳

まだ10代だったベスは、悪魔のようなイタリア人弁護士ダンテに人生を破滅させられる。しかも再会した彼に誘惑され、ダンテの子を身ごもってしまって…。

「涙は砂漠に捨てて」

メレディス・ウェバー　　三浦万里　訳

密かに産んだ息子が白血病に冒され、ネルは祈るような思いで元恋人カルを砂漠の国へ捜しに来た。幸いにも偶然会うことができたカルは、実は高貴な身分で…。